KB076827

그림자를 벗는 꽃 2

이 책은
《글을낳는집》《연희문학창작촌》《21세기문학관》《예버덩문학의집》에서 집필하였으며
《한국장애인문화예술원》의 '2021년 장애인문화예술사업 지원금'을 받아 펴냅니다.

안학수 3부작 청소년 역사소설

한국 전쟁

2021년 11월 22일 초판 제1쇄 발행

지은이   안학수
펴낸이   강봉구

펴낸곳   작은숲출판사
등록번호   제406-2013-0000801호
주소   10880 경기도 파주시 신촌로 21-30(신촌동)
전화   070-4067-8560
팩스   0505-499-8560
홈페이지   http://www.littleforestpublish.co.kr
이메일   littlef2010@daum.net

©안학수

ISBN 979-11-6035-116-3   44810
ISBN 979-11-6035-118-7   44810(세트)
값은 뒤표지에 있습니다.

안학수 3부작 청소년 역사소설

작은숲
청소년

한국 전쟁

안학수 글

그림자를 벗는 꽃 **2** 한국 전쟁

차례

그림자를 벗는 꽃 1 해방 전후

그림자를벗는꽃 3 분단 이후

모든 꽃들은 꿈을 품고 피어난다.

꿈 없이 피어나는 꽃은 없다.

현 시대의 청년 천인겸도 과거의 청년 천도윤도

모두 꿈을 지닌 꽃다운 나이였다.

전쟁 발발과 보도연맹

보리타작이 얼추 끝나 가고 본격적으로 무더운 여름이 되었다. 얼마 동안 민주학당도 상감마을도 순조롭고 평온했다. 돌담엔 호박꽃이 피고 먹음직한 애호박이 몇 개 달렸다. 텃밭엔 하얗게 피었던 감자꽃이 지고, 밭 가장자리에 심어 놓은 옥수숫대가 도윤의 키만큼 자랐다.

이틀 전부터 이상할 만큼 온 마을이 적막하다. 논에서 풀을 매는 농부와, 외양간에서 되새김하며 송아지에게 젖을 빨리는 암소와, 모이 쪼다가 갑자기 서로 겨누는 마당의 약병아리들과, 풀밭에 엎드린 흑염소가 움직일 뿐, 매미도 울지 않고 제비도 보이지 않는 날이다.

아침 일찍 민주학당에 출근해 보니 선생이 또 검속되었다는 거였다. 새벽부터 사복 경찰이 찾아와 모시고 갔는데 경찰들 표정이 모두 심각해 뭔가 분위기가 달랐다고 했다. 그전처럼 별일은 아닐 거라고 말하면서도 하경이는 도윤의 얼굴만 보고 있다. 이럴 때 철묵이 있다면 의지할 텐데 도윤은 무엇을 어찌해야 옳은지 갈피가 서지 않았다. 우선 아이들을 가르치면서 생각해 보기로 하고 마당에서 노는 아이들을 불러서 앉혔다.

시를 가르치고 있었다. 남녀 어린이가 함께하고 나이도 다양했다. 최근에 발표된 서덕출의 시 「강남 편지」와 방정환의 시 「별이 삼 형제」였다. 도윤은 아이들 앞에 선생으로 나설 땐 표준어를 사용하려고 긴장한다.

"이 서덕출 선생님의 강남 편지는 춥구 배고픈 겨울이 지나면 따듯한 봄이 온다는 희망을 노래헌 겁니다. 우리들도 어려움을 잘 견디면 봄처럼 따듯헌 좋은 때를 맞을 수 있다는 뜻입니다. 좋은 시지요? 예, 그럼 방정환 선생님의 시는 어때요?"

"슬퍼요."

"그래요 슬픈 이야기지요? 삼 형제가 고생하며 살았는데 어느 날 한 형제가 죽고 둘만 남았다는 이야기지요. 함께 지내다가 한 사람을 다시는 만날 수 없다면 그가 얼마나 보고 싶고 그립겠어요? 그럴 줄 알았으면 같이 있을 때 더 잘해 줄 걸 하고 후회를 헐 겁니다. 그렇겠죠?"

"예."

"지금부텀 이 두 편의 시를 서판에 써 봐요."

"예."

대답한 아이들이 널판 위에 누런 한지나 칙칙한 갱지를 깔아 붓으로 먹물을 묻혀 쓰기 시작한다. 아이들이 모두 처연하다. 언제쯤에야 이 불안한 사회가 안정되어 행복한 사회가 될까? 도윤은 아직 젊다지만 지금까지 마음 편하고 즐거웠던 기억이 별로 없다. 이동학 선생처럼 사회를 걱정할 나이가 되었는지 점점 선생과 같은 생각을 한다. 어서 선생이 돌아와야 이 민주학당이라도 안정될 수 있을 것이다.

"도윤 씨!"

선생을 기다리느라 밖에 있던 하경이 황급히 부르며 들어왔다. 왜 무슨 일이냐는 표정으로 하경을 봤다. 놀란 기색이다.

"왜 그래요?"

아이들 앞이라 도윤도 하경도 서로에게 공대를 하고 있다.

"전쟁 났대요! 북쪽에서 일으킨 전쟁이라고 해요. 벌써 이틀이나 지났다는데 우리는 시골이라서 소식을 듣지 못한 거라네요. 그래서 지금 군인인지 경찰인지 모를 사람들이 보도연맹에 가입된 사람들 다 소집한대요. 상감마을도 다 불러 내리려고 그들이 곧 올 거래요. 명단에 든 사람들은 이유도 따지지 않고 강제로 끌어내나 봐요. 도윤 씨 아버님도 계실 텐데 어쩌죠?"

"별일 있었어요? 보호해 준다구 정부서 가입허라구 혜 갖구 한 건디, 가입 자체가 전향헌거루다 쳐 준다구두 했는디? 걱정 마러요. 그나저나 선생님은 왜 모셔 가서 안 보내 주는 거지?"

하경을 안심시키려고 아무렇지도 않은 것처럼 말했지만, 전쟁이라니 왠지 불안하다.

전쟁 소식에 학당 분위기가 아주 많이 무거워졌다. 선생을 쉽게 내보내기 어려울 것 같다. 북쪽을 공산당이라며 적으로 여기던 이승만 정권이다. 그 적과 전쟁 중이다. 그동안 선생을 사회주의 사상가라고 요주의 인물로 지금까지 감시해 왔다. 전쟁이니 쉽게 내보내 줄 리 없다.

"잠깐만요. 저 소리는 또 뭐죠?"

하경이 들은 소리에 귀를 기울였다. 동구 밖에서 째릉째릉 울리는 소리가 점점 가까이 들려오고 있다. 글씨를 쓰던 아이들이 그 소리에 술렁거리며 모두 일어나서 밖을 내다보고 난리다. 도윤은 그런 아이들을 그대로 두었다. 호기심을 해소하지 못하면 다른 것을 한들, 머릿속에 아무것도 담을 수 없는 아이들인 것을 잘 알기 때문이다. 차라리 아이들과 함께 나서서 들려오는 소리의 정체를 맞이했다. 가까이 올수록 벌목할 때 나무 실어 나르던 트럭 소리라는 것을 알 수 있었다.

"나무 날르는 도라꾸 소린디? 또 나무 비러 왔나 봐."

아이들 중에 가장 나이 많은 아이가 혼잣말처럼 중얼댔다. 멀찍이 개울을 따라 올라오는 트럭이 보였다. 군인들이 트럭의 짐칸에 타고 있다. 트럭은 징검다리 부근에서 달구지 길을 뭉개며 올라와 물레방앗간 마당에서 멈추었다. 복장은 군인들 같은데 일반 군인보다는 나이가 더 많아 보이는 사람들이었다. 그렇다고 경찰은 더욱 아닌 것 같고, 선생께 들었던 서북청년단이라는 주먹패들로 짐작되었다.

"우리는 나라에서 보낸 애국청년단입니다! 보도연맹원이면 모두 빨리 나오시오! 지금 북쪽 공산당 괴뢰군들이 전쟁을 일으키는 바람에 안전한 곳으로 모셔 가려는 것이니 빨리들 나오세요. 바쁜 일 있으셔도 멈추시고 빨리 나오셔야 합니다!"

목소리 큰 사내가 온 마을을 향해 고래고래 소리질러댔
다. 마을마다 여러 명이 나왔다. 그들 중 온전히 가입하고
활동한 사람은 몇몇 사람에 지나지 않았다. 특히 상감마을
은 이동학 선생이 있다는 것을 의식한 관에서 더 적극적으
로 가입을 권유했다. 그 까닭에 이름이라도 올려 준 사람
들이 많았다. 애국청년단은 명단에 있기만 하면 이유를 묻
지도 따지지도 않고 모두 불러냈다. 바쁘다는 사람도 아프
다는 사람도 모두 핑계라며 짐칸에 태웠다. 그때 천장돌도
상감마을 위뜸에 사는 몇 사람과 함께 내려왔다 그중엔 이
씨도 한 사람 있었다. 이씨들이 그를 자기네 문중과 다른
뜻을 가진 사람이라고 따돌리는 화가요 소리꾼이었다. 이
씨들은 그가 환쟁이라거나 판소리를 한다고 따돌리는 것
이 아니었다. 양반과 상민 가리지 않고 격 없이 대한다고
못 마땅히 여겨서 그와 어울리지 않았던 것이다. 그는 이
씨들 중에 천장돌을 친구처럼 대해 주는 유일한 사람이었
다. 도윤은 그의 이름을 지금까지 들은 바 없어서 모르나
주동의 재당숙, 즉 칠촌 아저씨라는 것은 알고 있다. 아버
지와 이 씨는 비교적 편히 짐칸의 맨 앞쪽에 자리를 잡았
다. 도윤은 그것이 아버지를 보는 마지막이 될 줄 몰랐다.

"똥 싸구 밑 씻을 새두 읎게 바뻐 죽겄는디 뭔 또 쓰잘
떼기 읎이 불러낸댜?"

"왜두 아녀, 츰이 멩부 맹길 땐 닭 잡은 장모가 사위 불
러 대는 것마냥 헸쌌터니 인전 목살이 쩜맸다구 툭허면 끌
어댕겨 잡돌이허네 그려."

환갑을 지났거나 다가가는 이들이 모여 앉아 불평을 주
고받았다.

"에잇, 무슨 말들이 그렇게 많아? 지금 전쟁이 터져서
나라에서 당신들 특별 보호하라는 명령으로 소집하는 건
데! 무식하게 어디다 함부로 불평이야? 엉? 누구든 불평
있으면 앞으로 나와서 말해, 뒤통수에 대고 떠들지 말고!
알았어? 엉?"

계급장 없는 군복을 입고 경찰이나 허리에 차는 방망이
를 손에 든 사내가 열을 올렸다. 서른도 채 안 돼 보이는
사내가 칠십이 다 된 노인도 있는 사람들에게 반말로 큰소
리친 것이다.

"칫, 보혼 무슨? 지난번두 안 간다는디 그여 끌구 가 쥑
일 노역만 시켜 먹더먼."

"그리기 말여, 오늘은 또 뭔 일 시킬라구 이래싸?"

"어이! 거기 뒤에 조용히 해! 주둥이 닥치라고!"

사내가 다시 고함을 지르며 겁박하자 불평하던 소리가 잦아졌다. 보도연맹원들이 모두 조용히 트럭 짐칸에 올라가 스스로 자리를 정해 앉았다. 애국청년단원 중 한 사람이 을ㄴ 자 형의 시동걸이를 찾아 트럭 앞부분 엔진에 꽂고 돌렸다. 잠시라도 기름을 아끼려고 엔진을 꺼 둔 까닭일 것이다. 시동이 걸릴 듯하다 꺼지자 다시 시동걸이를 꽂아 돌려 댔다.

　"씨쉬쓰으, 씨쉬쓰으, 씨쉬쓰, 씨쉬쓰, 쒸쓰, 쒸이, 쒸이, 쒸잇쓰 쒸잇쓰 쒸시쓰 쒸시쓰쒸시쓰 쒸시 쒸시 쒸씨쒸씨 쒸씨쒸씨쎄씨쎄씨쎄씨쌔래랭쌔래랭탕탕탕쿵쿵쿵쿠르쿠르고루고루고럭쿠럭쿠르릉고릉고릉고릉고릉고릉…."

　시동걸이를 빼내도 엔진이 살아 돌자 시동을 건 애국청년단원이 이마의 땀을 팔로 훔쳤다. 매번 시동을 거는 데 그렇게 힘든 거면 차를 가지고 다니는 사람이 대단하게 생각되었다. 차는 운전수가 발판을 밟을 때마다 쌔랭쌔랭하니 소가지를 부리는 것 같다. 지난번에 목재를 나를 때 차 주인이 영국제라고 선거철 유세하듯이 자랑했다는 차와 같은 차종이었다.

　아이들은 도윤과 달리 차를 볼 때마다 신기하게 보는 것 같다. 모두 차에 가까이 다가가서 구경 삼매경이다. 어떤 아이는 시동걸이를 돌리는 시늉을 하고, 어떤 아이는 운전대를 돌리는 것처럼 폼을 잡는다. 강제로 차에 태워진 어른들의 기분은 아랑곳 안 하는 아이들이 천진하다. 그 아이들과 도윤, 하경이를 훑어보던 애국청년단 사내가 다가왔다.

"여기가 아이들 배움터요?"

수상하게 여기는 눈치는 아니었지만 사내는 호기심과 의구심으로 묻고 있었다.

"예, 그런데요."

하경이에게 물어서 하경이가 대답했다.

"댁과 저 청년은 누구요?"

도윤을 두고 묻는 말이었다. 다행히 도윤을 수상히 여기는 것 같지는 않았다.

"우린 이 학당서 애덜 가르칩니다."

도윤의 여유 있는 태도에 마음을 놓았는지, 사내는 한 아이의 머리를 쓰다듬으며 친절하게 말했다.

"지금 북쪽 공산당이 쳐들어와서 비상시국이니 선생께서도 군대 입대 준비를 하셔야 할 것입니다. 학교는 전쟁 끝나면 다시 열고 당장 휴교하셔야 합니다. 곧 비상소집 영장을 받게 될 것이니 미리 준비하셨다가 받는 즉시 입대하시기 바랍니다. 자 그럼."

어색하게도 사내는 도윤에게 거수경례를 하고 차에 올라타며 '오라잇!'을 크게 외쳤다. 차는 쌔랭쌔랭 숨이 가빠하고 덜커덩퉁탁 절면서, 달구지 길을 더 뭉개며 오던 대로 개울을 타고 내려갔다. 짐칸에 빼곡한 사람들의 머리도 트럭이 들썩이는 대로 흔들렸다. 차가 들어올 만한 넓은 도로가 없어서 개울을 따라 들어왔다가 개울로 나간다. 산모롱이 돌아 언덕길 논밭두렁 지나 징검다리 건너 다시 언덕인 마을 길은, 넓어도 겨우 달구지나 다닐 수 있다. 개울은 덜컹거리긴 해도 바퀴가 높은 트럭은 다닐 만하다.

보도연맹원을 소집해 간 다음 날 도윤에게 소집 영장이 왔다. 긴급히 군대를 소집하니 영장을 받는 즉시 가까운 부대나 경찰서로 집결하라는 내용이었다. 그러나 도윤은 당장 집을 떠날 수 없었다. 치매 할머니와 쇠락한 할아버지를 관절이 틀어져 고생하시는 어머니께 맡기고 갈 수는 없기 때문이었다. 아버지 천장돌이 돌아오고 나야 군에 입대할 생각이었다. 이때까지도 그렇게 심각한 전쟁 상황인 줄은 전혀 실감하지 못하고 있었다. 상감마을은 소집당해 간 사람들이 돌아오지 않는 것 말고는 전쟁 분위기가 전혀 없기 때문이었다.

도윤은 하릴없이 아버지를 기다리며 하루를 더 보냈다. 아직 잠자리에서 일어나지도 않았고 새벽 미명이 산마루에 겨우 비치는 시간이었다. 하경이 헐레벌떡 찾아와서 불렀다. 낯빛이 파리하게 질린 채 부들부들 떨고 있었다.

"도윤 씨 어서 가 봐야 할 것 같아요. 보도연맹원들 모두가 살해당한 것 같아요."

"뭐라구? 살해? 왜? 보호해 준다구 했는디 죽였다구? …그럴 리가 잘못 들은 거겠지."

놀라 까무러칠 일이지만 애써 침착히 마음을 가라앉히며 하경도 안심시켰다.

"몰라요 몰라 나도 그리 생각하고 싶어요. 근데 어제 애국청년인가? 여기 왔던 그 사람들이 사람들을 줄줄이 묶어서 청령고개 너머로 가더니 몇 시간 뒤 그들만 눈이 빨갛게 되어 내려오더래요. 지금 그 인근 사람들은 이미 죽은 사람들을 확인했다던데 얼른 같이 가 봐요."

하긴 도윤도 속으로 잘못된 소식이라고 자꾸 되뇌어도 가슴이 퉁탕거리며 요동쳐 댔다.

청령고개 너머면 10년 전에 일본인이 금을 캔다고 시작하다가 금맥을 놓치고 포기했다는 폐광지다. 상감마을에서 한 10리쯤 떨어진 국태봉 아래에 있는 깊은 골짜기다.

광산을 시작하다 말아서 갱도의 길이는 100미터도 안 된다. 그러나 단지 속 같은 골짜기라서 무슨 일을 해도 외부에선 알기 어려운 곳이다. 도윤은 하던 일을 멈추고 울먹이는 하경과 함께 길을 나섰다. 하루에 걸어서 다녀오기엔 매우 먼 거리였지만 조급한 마음은 걸음을 재촉했다. 두 시간쯤 걷고 고갯길로 청령마루에 오르자 폐광지에 날고 있는 까마귀 떼가 보였다. 산마루를 내달려 국태봉에 가까워지자 역한 피비린내가 오장을 뒤집어 놓았다.

"웨엑! 크 우웨엑!"

구역질을 해 대도 냄새는 코와 목과 가슴을 썩히며 온통 머릿속 뇌까지 뒤집어 놓았다. 도윤과 하경은 코를 막고 그 냄새를 삼키며 골짜기로 내려갔다. 급히 서둘렀는지 시신들을 대충 흙으로 덮어 버렸지만 그냥 방치해 놓은 거나 다름없었다. 이미 까마귀 떼와 여우 등 짐승들에게 훼손되어, 창자가 널브러지거나 안구 유실에 살점이 뜯긴 시신도 있었다. 하경은 놀라며 구역질을 참느라고 코를 쥔 채 시신엔 얼씬도 못 하고 있다. 도윤도 오장육부를 다 토할 것 같은 괴로움을 억누르며 세세히 살펴 나갔다. 나뭇잎 같은 검불과 흙과 피와 살점들이 널브러져 있다. 돌에 나무뿌리에 피들이 엉겨 붙어 솔고, 시신들 두셋이 한데 묶인 시신,

여러 사람이 켜켜이 쌓인 시신, 서로 부둥켜안고 누운 시신, 혼자 멀찍이 떨어져 등에 총탄을 맞은 시신 등, 처참한 광경을 보니 저절로 통곡 소리가 났다. 갱도 안에도 피가 흥건히 고여 있고 여러 구의 시신이 아무렇게나 쓰러져 있으나 선생이나 아버지는 보이지 않았다. 도윤은 여기저기에 흩어진 선생과 아버지 같은 복장의 시신을 살폈다. 선생은 보통 사람들과 복장이 달라서 눈에 잘 띌 텐데 보이지 않았다. 같은 차에 탔던 사람들은 여기저기 보이는데 아버지는 보이지 않았다. 다행이다 싶을 때였다. 갱도에서 20여 미터 아래쯤 커다란 바위와 바위 사이였다. 대여섯 구의 얼크러진 시신들 속에 도윤의 아버지 천장돌이 있었다.

"아버지!"

천장돌은 두 손이 뒤로 묶인 채, 죽창에 찔린 목과 가슴에서 솟아나온 피로 온몸을 검붉게 적시고 있었다. 도윤은 억울해서 못 감은 천장돌의 눈을 감기며 붙안고 혼절하고 말 것처럼 자지러지게 통곡을 해 댔다. 온몸이 갈가리 찢어져라 울부짖었다. 시신들보다도 더 흠뻑 피에 젖도록 아버지를 붙안고 몸부림쳤다. 피비린내조차도 자신의 절규였다. 이렇게 죄 없는 백성을 억울하게 해친 나라라면, 충성할 가치도 없고 백성 노릇 할 이유도 없다고 원한에 사무쳐 갔다. 너무 억울해서 군 입대 대신 복수를 하고야 말리라고 이를 갈며 울었다. 울다 지쳐 갈 무렵 하경도 울면서 다른 시신들 사이를 살피는 것이 보였다. 도윤은 오열을 하면서도 하경을 도와 선생의 시신을 찾아보았다. 선생이 보이지 않는 것은 아직은 살아 계실 가능성이 있는 것이다. 다행이다. 하경과 함께 시신마다 다 살펴보며 선생이 없는 것을 확인했다.

눈물로 아버지 천장돌을 업고 폐광지를 벗어났다. 하경을 먼저 내려보내려고 했으나 하경이 듣지 않고 도윤과 끝까지 함께했다. 인가가 가까워지자 도윤은 적당히 양지바른 산기슭을 택했다. 민가에서 괭이를 빌려 와 임시 묘소로 천장돌을 모셨다. 그러다 보니 자정이 넘어서야 하경의 집에 당도할 수 있었다. 하경과 헤어지고 개울을 건너다 달빛을 빌어 피 묻은 옷을 빨았다. 옷을 빨다 달빛마저 처연해서 다시 눈물을 흘렸다. 이를 가족들에게 어찌 말해야 할지 생각할수록 억울하고도 기가 막혔다. 목 놓아 한참을 울어도 원통함은 조금도 가시질 않았다.

텅텅 빈 집들은 마을의 새벽을 더욱 스산하게 했다. 이씨네 집성촌인데 이씨들 대부분이 피난 갔기 때문이다. 집으로 들어가니 세 분 모두 새벽까지 뜬눈으로 도윤을 기다리고 있었다. 아버지의 죽음에 대해 차마 입을 열지 못해서 그대로 할아버지 앞에 엎드려 다시 통곡을 해 댔다.

"어이구~!! 웬 날벼락이여~!"

할머니가 땅을 치며 울부짖다 쓰러져 정신을 잃었고 어머니도 몸부림치다가 까무러쳤다. 할아버지는 넋을 잃었는지 초점 없는 눈으로 멍하니 앉아 있을 뿐이었다. 소나무 껍질처럼 굵은 주름살을 입고 있는 평생 일만 한 할아버지의 손이, 평생 구박덩이로 살며 일만 하다 버커리가 되어 버린 할머니가, 천민가에서 천민가로 시집와서 남편만 의지하고 일 더미에 묻혀 살다가 불편한 몸이 된 어머니, 모두 너무 처연했다. 잠깐이나마 귀천 없는 세상으로 바뀌어 간다는 먼 불빛 같은 희망을 잡고 행복하게 지냈다. 이젠 그 희망의 불빛이 꺼져 버린 것이었다.

통곡 소리를 듣고 마을에 남아 있던 사람들이 몰려왔다. 아낙 몇과 늙은이들뿐이었다. 아버지와 함께 끌려간 이주동의 친척 화가도 폐광지의 시신들 틈에서 본 기억이 났다. 그 집에도 알려야만 될 것 같아 몰려온 이들에게 폐광지의 참혹한 이야기를 몇 마디 해 주었다. 잠시 뒤 화가네 집에서도 통곡 소리가 났다. 피난 가지 않은 집들은 대부분 통곡 소리를 냈다. 그들 모두 보도연맹 학살 피해 가족들이었다.

도윤은 아버지 장례를 마치는 대로 철묵을 찾아가기로 결심했다. 곧 강제 입대를 하게 될 것인데 아버지를 죽인 원수들의 군대는 들어갈 수 없었다.

이틀을 더 지내고 또 밤을 맞았다. 날이 밝으면 꼭 떠나리라 결심만 해 대고 있었다.

갑자기 총소리가 들렸다. 가까운 곳에서 나는 총소리였다. 이북 군의 주력 무기라는 따발총 소리를 처음 들었다. 죽음에 대한 공포감이 도윤을 온통 감싸 버렸다. 가족들을 안전한 곳으로 피신시키고 싶은데 집 대신 머물 만한 장소가 떠오르지 않았다. 섣부른 장소는 오히려 더 빨리 위험에 처할 수 있다. 뒷산에 어릴 때 간혹 주동을 피해 혼자 올라가 놀던 동굴이 있긴 하다. 여러 사람이 사용할 만큼 넓지는 않지만 네댓 명이 머물 곳으로는 충분한 공간이다. 가까이 다가가 자세히 보지 않으면 동굴인지 알기 어렵다. 입구가 비좁아 혼자도 간신히 몸을 옆으로 뉘어 날을 세운 자세로 밀어 넣어야 한다. 도윤도 혼자 놀며 도마뱀을 잡으려고 쫓다가 그 굴을 알게 된 것이다. 처음엔 호랑이나 늑대 같은 맹수의 굴인 것 같아서 무서웠다. 차츰 그 굴에 대한 호기심 강해져서 관솔불을 들고 안을 들여다보게 되어 도윤만의 비밀 장소가 된 곳이다. 겨울엔 곰이 잠을 자거나 다른 동물이 머물만도 한데 민가가 가깝기 때문인지 그런 흔적이 없었다. 지네나 벌레들이 있겠는데 그 안에 불을 놓아 그슬리면 모두 없어진다. 하지만 노인들을 모셔 둘 만한 장소는 못 된다. 도윤은 떠나야 하니 모두 보행이 불편한 어머니의 몫이 될 것이다.

독가스 유출 사고

박문수가 떠난 지 벌써 두 달이 넘었다. 그동안 인겸이는 오기로 다니기 시작한 회사에 잘 견디며 적응해 오고 있었다. 학교 공부하랴 축구 훈련하랴 회사 일하랴 보통 사람 같으면 몸이 몇 개라도 견디기 어려울 것이다. 코피를 몇 번이나 흘렸는지 모른다. 학교에선 기숙사에서 쫓겨날 수 있을 지경으로 문제아가 되었다. 알량한 회사 때문에 훈련 시간도 제대로 맞추지 못하고, 식사 시간도, 잠자리에 드는 시간도, 제대로 못 지켜서 말썽이 된 일이 여러 번 생겼다. 급기야 이틀 전엔 기숙사 사감이 한 번만 더 어기면 기숙사에서 퇴출시키겠노라고 경고했다. 축구팀 주전 멤버에서도 탈락되었다. 밤늦게까지 일하고 새벽 일찍 훈련까지 감당하기엔 많이 부족한 체력도 문제였다. 사래고 축구부의 성적도 부진했다. 다만 한 가지 좋아진 것은 한 달 120만 원에서 124만 원을 받는 급여였다. 밤 근무로 시급 1만 원씩 따진 것인데 하루도 쉬는 날 없이 일할 때 31일까지 있는 달엔 124만 원을 받는다. 교통비와 학교에 관련된 대금 외엔 거의 돈을 쓰지 않는 인겸이에겐 꽤 짭짤한 액수다.

늘 조심히 임해야 할 일이다. 일해 오는 동안에도 큰 사고는 아니지만 자잘한 사고가 몇 번 있었다. 함께 일하던 사람들 중에 갑자기 구토하고 병원으로 실려 가는 일은 종종 생기고, 모두 종일 머리 아파 시달린 일은 자주 있는 일이다. 인겸이가 일하는 야간엔 그리 험하게 해야 할 일이 없어서 다행이다. 중요한 일은 함께 있는 직원들이 다 해왔고, 그동안 인겸이는 기기만 잘 점검해 보며 이상 없게 돌아가도록 살피기만 하면 되는 일이었다. 모두 공장장 최두진이란 연구원이 배려해 준 덕이었다. 최두진은 다른 직원들에게도 인겸이를 챙겨 주도록 이르고 늘 잘해 주었다. 그런 그가 이젠 정년이 다 되어 은퇴를 할 날이 몇 달 남겨두지 않았다고 한다. 인겸이로선 한 사람의 우군을 잃는 것이었다. 그동안 큰 도움이 되었는데 그마저 없으면 어려움이 더 가중될 수 있다. 아쉽고 앞일이 걱정도 된다. 작은 아버지에게 도라지 값 갚으려면 석 달간 받은 돈으론 부족하다. 그 돈이라도 마련된다면 위험한 직장을 그만둘 생각이다.

축구부 훈련을 끝내고 이내 달렸어도 출근 시간에 제대로 맞추지 못했다. 오늘따라 전철 입구로 들자 단체 관광이라도 왔는지 중국인들이 줄을 서서 표를 늦게 뽑는 바람에 더 늦었다.

무슨 일인지 공장 분위기가 가라앉아 있다. 낮에 근무한 사람들은 대부분 퇴근했으나 평소 야간 근무조의 인원보다 많은 사람들이 모여 심각한 표정들이다. 인겸이는 자신의 지각 때문인 줄 알고 공장장의 눈치를 보며 서둘러서 방독 복장을 갖추었다. 잠시 뒤에 알아보니 폐수를 정화조로 보내는 자동 펌프 기기가 고장이었다. 언제부터 고장이었는지 조금 전에 발견했는데 이미 빠져나가지 못한 폐수가 많이 새어 나와 지하에 고여 있었다. 사람이 직접 지하로 내려가서 동이로 퍼내야 할 일이 벌어진 거였다. 야간 근무인 공장장이 아직 남아 있는 주간 근무자들에게 한마디했던 상황이었다. 낮에 일어난 일을 주간 근무자들은 이미 퇴근하고 야간 근무자들이 일을 수습하게 되었기 때문이었다. 인겸이도 어쩔 수 없이 함께 수습을 도와야 했다.

야간조가 인겸이를 포함 여덟 명이지만 각자 맡는 부분이 달라서 그중 넷은 자기 맡은 분야로 빠졌다. 결국 공장장과 인겸이를 포함한 넷이 수습을 해야 했다.

"모두 방독면 쓰고 방독 복장해!"

공장장의 명령이었다. 둔한 복장으로 일을 수습할 생각을 하니 가장 고된 밤이 될 것 같았다. 옷을 갈아입는 동안 공장장은 작업 방법을 설명했다.

"지하엔 내가 들어갈 테니까 황 씨가 받아 올리고 밖에서 인겸이가 받아 김 대리에게 주면 김 대리는 저쪽 정화조에 쏟는 일을 맡아라."

방독 복장의 마지막 순서로 각자 방독면을 쓰려는데 엎친 데 덮친다고 방독면 필터가 떨어져 하나가 부족했다.

"잠깐 이런 때일수록 침착해야지. 내가 저쪽 사무실에 가서 혹시 비상용으로 남겼던 필터가 있나 찾아보고 올게 기다려."

공장장은 빠른 걸음으로 제 3공장 사무실로 갔다. 그냥 윗사람이 냄새를 견디며 하면 될 것도 같은데, 평소에도 공장장은 치밀함이 과하다고 종종 말을 듣는다. 일행은 공장장이 돌아올 때까지 동이 몇 개를 찾아다 준비해 놓고 노닥거리고 있었다. 그때 맡은 일이 따로 있다고 빠졌던 사람 중에 폐수 처리기의 약품 처리한 다음 과정을 맡은 사람이 나왔다. 그도 방독 복장을 했는데 방독면은 없는지 쓰지 않았다. 폐수 처리기가 정상 가동될 때까지 아무 일도 안 하고 기다리기엔 지루하고도 미안했던가 보았다. 그는 바닥에 놓인 동이 하나를 들더니 인겸이 손에 있던 자루 달린 바가지를 빼앗았다.

"공장장은 왜 늘 자신이 앞장서려는 거야? 은퇴할 날도 얼마 남지 않은 양반이. 냄새 좀 난다고 방독면을 꼭 써야 해? 차라리 내가 들어가 시작할게."

마치 '왜 공장장 어르신이 하기를 기다리느냐 나처럼 나서서 먼저 해야지' 하고 세 사람을 꾸짖는 뜻 같았다. 그는 수직으로 된 철제 사다리로 폐수가 고인 지하에 들어가고 있었다. 누가 말릴 사이도 없었다.

"안 돼요!"

"위험해욧!"

세 사람이 소리쳐 만류했지만 그는 들은 척도 안 하고 이미 지하로 내려서고 있었다. 인겸이도 김 대리도 모두 당황해서 입만 벌리며 내려다보았다.

"커헉! 하이고 냄새 애액~!"

내려가고 1분도 못 되어 그가 소리치며 구토하더니 동이랑 바가지를 던져 버리고 도로 올라오려다 비틀비틀 쓰러졌다.

"앗! 사고다! 위험해!"

놀란 세 사람은 소리치며 어쩔 줄 몰라 했다. 인겸이는 얼른 지하로 내려갔다. 그 사람을 빨리 끌어 올려 구해야 한다는 조급한 생각뿐이었다. 방독면에 필터가 빠진 상태라는 것은 깜빡하고 있었다. 그 사람은 이미 입에 하얀 거품을 물고 힘없이 축 늘어져 있다.

"콜록! 콜록! 케헥! 우웨액~!"

그의 어깨를 잡아 일으키다가 숨을 한 번 들이키자 인겸이도 바늘이 콧구멍을 찌르더니 온 목구멍과 가슴 속으로 들어가 마구 찔러 대는 것 같았다. 저절로 뜨거운 것이 넘어오며 구역질해 댔다. 그제야 필터가 없는 마스크였다는 것을 깨달았다. 온 가슴에 불을 흡입한 듯 뜨겁고 숨이 막혀 다시 급히 올라가려는데 팔다리가 잘 움직이지 않았다. 머리와 온몸이 돌덩이처럼 무거워지며 비틀비틀 쓰러졌다. 누군가 소리치며 내려오더니 희미한 그림자로 변하며 사라졌다. 모든 감각이 다 꺼져 버렸다.

머리가 돌덩이가 된 듯 무겁고 감각이 없다. 눈꺼풀이 밝은 빛에 눌린 듯 부셔서 뜰 수가 없다. 손과 발이 없어진 듯 움직이지 않고 물속에 잠긴 듯이 들리는 소리조차 둔하다. 얼굴에 무엇이 씌워진 것만은 확실하게 느껴졌다. 인겸이는 자기가 왜 누워서 꼼짝 못하는지 어쩌다 그렇게 되었는지 생각이 나질 않았다. 얼마쯤 시간이 지나서야 병원인 것을 알게 되었다. 차츰 귀도 밝아지고 눈도 밝은 빛에 적응하고 뜰 수 있었다. 손가락도 움직여졌다.

"깼다! 인계미 깨났어!"

누군가 소리치는 것이 또렷이 들렸다. 소리 나는 쪽으로 눈을 돌렸다. 사청 아저씨를 알아보는데 아주 더디게 조금씩 떠오르며 눈 뜨고 몇 분 지나서야 완전히 기억났다.

"아… 므….."

드디어 알아보고 아저씨를 부르려는데 마치 입이 붙어서 없어진 듯이 아무 감각이 없다.

"응 인겸아 됐어 살아났으니께 됐어. 오쩌자구 그런 위험헌 일을 헌다냐? 돈 필요허먼 나헌티 말혀야지. 내가 말허잖대 인저부턴 내가 니 할아버지구 아버지라 생각허라구."

"조용히 하세요. 중환자실이에요. 왜 환자에게 야단이세요? 뒤로 물러나세요."

인겸이는 사청 아저씨의 뜻을 잘 안다. 그런데 다른 사람이 들으면 꾸중하는 소리로 들릴 것이다. 그래서 간호사가 나서서 아저씨를 말리는 것 같았다. 인겸이는 간호사에게 괜찮다고 말을 하려고 해도 아직은 말이 잘 나오지 않았다.

정신이 들고 세 시간이 지나서였다. 밤 근무하는 공장 직원 서너 명이 오전에 시간을 내어 인겸이를 들여다보러 왔다. 그들을 보자 그들이 설명하지 않아도 지하에서 쓰러진 일이 다 떠올랐다. 입의 감각도 살아나 더듬듯이 말을 할 수 있게 되었다.

인겸이는 다음 날 일반 병실로 옮겼다. 하지만 퇴원은 언제 할 수 있을지 의사도 모른다고 했다. 그만큼 몸을 제대로 움직일 수 없었다. 잠깐씩 잠들 듯이 기절할 때가 있어서 문제라고 했다. 자다 깨어 보니 공장 사람들이 또 찾아왔다. 아직 머리가 아파 그들을 상대할 여유가 없어서 그냥 눈을 감고 있었다. 인겸이가 잠든 줄만 알았는지 공장 직원들이 수상한 이야기를 나누었다. 그날 사고로 먼저 들어간 이는 사망하고 공장장과 인겸이는 정신을 잃는 중상을 입었고 구조한 이들 두 사람이 구토하며 호흡장애를 일으켰다고 한다.

"그런데 이상한 것은 자동펌프기기의 갑작스런 고장도

그렇고, 분명히 그날 아침에 낮 근무조가 새 필터를 갖다 놨다던데 없어진 것도 그렇고, 누군가 일부러 사고를 낸 것은 아닌지 의문이라네."

"에이 무슨 의문? 아침에 누가 왔다간 일도 없다며?"

"무엇을 가지러 온 건지 회장의 승용차로 보이는 외제 차가 잠깐 들렀다 간 일이 있다네."

"정말 누가 그런 것이라면 회장이 그런 짓을 할 리야 없겠고 내부 소행일 텐데 누굴까?"

그때 두 사람의 대화를 듣고만 있던 다른 사람이 불쑥 끼어들었다.

"모르지, 이주동 회장이라면 그럴 수도 있어. 오래전에 그런 소문도 났었잖아? 인명 사고가 잦은 폐수 처리장의 작업 환경을 개선해 달라고 파업했던 노동자 대표를 살해했다는 소문."

"아! 맞아 그 아침 일찍 회사에서 변사체로 발견된 그 노조 대표."

"그야 소문일 뿐이지. 꼭 그렇게까지 나쁘게만 보지 마세."

나이가 가장 많은 직원이 회장을 옹호했다.

"알 수 없지요. 이번의 공장장도 노조를 소집, 비정규직

제도와 부당 해고를 반대하고 작업 환경과 처우 개선을 요구해 왔고, 이번 주말부터 타워 크레인 위의 고공 농성을 지원하려고 준비 중이었잖아요. 회장 입장에선 눈엣가시 같은 존재니 해고할 명분을 찾기 위해 지금과 같은 사고를 유발시키는 짓을 할 수 있죠. 나이 먹을수록 교활해진다고 이주동 회장은 능히 그럴 만한 사람이죠."

"그래도 물증도 없이 심증만으로 사람을 몰아가는 건 진실을 버린 마녀사냥일 뿐이네."

인겸이는 나이 많은 직원의 의견에 공감했다. 자신에게 일자리를 마련해 준 박문수의 할아버지를 그리 나쁘게 여기기 싫었다. 그보다 자신의 문제가 더 심각했다.

사래고교 축구부엔 시골 고등학교 팀에서 데려온 새 미드필더가 있었다. 오가 형제 말고도 그 선수와 다시 경쟁해서 살아남아야 하는 것이 인겸이에게 주어진 숙제였다. 인겸이는 실망하지 않았다. 아니, 실망 같은 것을 할 여유가 없었다. 열심히 운동하고 또 열심히 아르바이트를 해야 했다. 새벽 운동부터 오후 훈련까지 마치고 나면 급히 저녁을 먹고 서둘러 출근하는 생활이 지속되었다.

공장장은 깨어났지만 회사에서 해고되었다. 회사는 그동안 사고 원인을 조사해 왔지만 확실하게 밝혀진 것은 없었다. 공장장이 안전 수칙을 어겼다는 결론으로 모든 조사를 끝내 버렸다. 사고에 대한 모든 책임이 공장장에게 떨어져 해고된 것이었다. 함께 일했던 직원들은 부당하다고 뭉쳐서 파업하자고 했다. 인겸이가 생각해 봐도 사실상 공장장은 아무런 잘못이 없다. 오히려 피해자일 뿐이다. 왜 그런 결론이 난 건지 인겸이는 이해할 수 없었다. 목숨을 걸고 사람을 구하려 한 공장장이 그보다 더 어떻게 책임을 질 수 있는가? 기계 점검을 확실하게 하지 못한 것과 방독면을 제대로 갖추지 못한 것 두 가지가 공장장의 잘못이라는 거였다.

공장장 의사와 관계없이 파업이 시작되었다. 공장장의 품성을 잘 알던 직원들은 그가 억울하게 해고되는 것을 그냥 보고 있을 수만은 없었다. 특히 인겸이는 자신을 구해 준 생명의 은인이 억울하게 당하는 것을 몰라라 할 수 없었다.

일자리를 마련해 준 박문수의 할아버지 회사를 상대로 하는 파업이다. 어쩌면 좋을까 잠시 고민하고 망설였다. 파업해야 옳을 것 같아서 참여하는 쪽을 택했다. 학생이고 축구 훈련을 멈출 수 없으니 야간에나 나설 수 있다. 파업이 공장장 복직으로 연결되기만을 간절히 바라기로 했다.

빨갛고 파란 글씨로 'B.YOUNG은 부당 해고를 철회하라!'라고 쓴 글귀의 현수막이 공장 외벽에 걸렸다. 저녁이라서 어둑하지만 외부의 빛이 현수막 글귀를 충분히 읽을 수 있도록 비춰 주고 있다. 그 옆 공장 입구 쪽에 텐트와 천막을 설치해 놓은 시위대 캠프가 마련되어 있었다. 인겸이와 함께 야간에 일하던 직원들은 대부분 낮에 시위를 했다. 야간에 인겸이와 함께 시위하는 사람은 캠프를 지키는 두셋밖에 안 되었다. 그들은 밤 근무인데 숙직까지 겸하는 이들이었다. 사람이 적어서 한 시간씩 1인 시위로 릴레이 방식을 택했다. 먼저 인겸이가 나섰다.

"B.YOUNG 그룹은 부당 해고를 철회하라!"

피켓을 들고 구호를 외치며 1인 시위를 시작했다. 처음 해 보는 시위라서 매우 어색했지만 낮보다는 보는 사람이 적어 다행이었다. 오가는 사람들이 인겸이를 한번 보고 피켓을 보고 현수막과 캠프를 둘러보며 지나갔다. 직원 두 사람은 언제 마련했는지 사건 경위와 해고 상황을 알리는 내용의 전단을 돌렸다. 그렇게 한 시간쯤하고 여덟 시가 넘어가니 지나가는 사람들이 많이 줄었다. 퇴근 시간이 지나고 저녁 식사 시간이기 때문이었다. 피켓을 다른 직원이 들고 인겸이는 전단지를 나눠 주고 있었다. 검은 승용차가

다가와 서더니 회장 비서가 차창으로 얼굴을 내밀었다.

"천인겸! 회장님께서 너 찾으신다. 어서 본사로 가 봐라!"

소리쳐 말을 전하더니 차를 언제 세웠냐는 듯 쌩하니 가 버렸다. 무슨 일일까? 이번 일로 공장장과 함께 자신도 그만두라는 말인가? 아니면 이번 사고로 죽을 뻔했으니 좋은 일자리로 옮겨 주려는 것일까? 불안하면서도 은근히 기대도 되었다. 일단 만나야 알 것이다.

노크를 할 필요도 없게 문을 열어 놓고 회장 혼자 비서실 의자에 앉아 있었다. 인겸이 인사를 하자 단도직입적으로 회장이 말했다.

"야 이 츤헌 늠아! 니가 뭔디 데모질이여? 일자리 달라구 혜서, 그것두 하두 사정혜싸는 우리 민철이가 갸륵혀서 늫주니께 일이나 잘혀야지 뭔 지럴을 떨다가 까쓰나 처마시구 뒈질 뻔허더니 인전 뭐? 누굴 부당 해구? 부당은 무신 늠의 부당? 츤부당만부당이다. 이 츤헌 늠아 지 주제두 물르구 육깝떨구 자빠졌어. 이늠아! 니늠두 당장 짤러 버리구 싶지믄 우리 민철이 때미 봐 준다 이늠아. 낼부텀 물류 창고루 나가. 게서 또 사고 치믄 그땐 국물두 읎는 줄 알어!"

인겸이는 회장이 원래 악의 없이 막말을 하는 사람인 것으로 여겼다. 심한 욕지거리에도 하나도 노엽지 않았다. 이참에 공장장에 대한 말을 회장께 전하고 싶었다.

"회장님 공장장은 아무 잘못 없는데 왜 해고하셨어요?"

"이늠이 아적두 정신 뭇 차렸네. 오디서 시근방지게 나서 나스길? 잘못 읎구 있구는 내가 판단헐 일이다 이늠아! 잔소리 말구 낼부텀 물건 다루는 일이나 잘혀! 또 그딴식으루다 데모허는디 끼면 깜빵에 처늘 거다 내가."

뿌르르 화를 내는 회장을 대하고서야 본성을 깨닫고 인겸이는 얼굴이 굳어졌다. 회장에게서 선의란 좁쌀알만큼도 찾아볼 수 없다는 것을 깨달았다. 박문수의 친할아버지로는 전혀 어울리지 않는 싱격이었다.

본사를 나와 멍하니 걷다가 정신을 차렸다. 1인 시위 배턴을 받아 이어 주자고 망설임 없이 걸음을 공장 쪽으로 향했다. 물류 창고에서 일은 못 하더라도 자신을 살려 준 공장장을 배신할 수는 없었다.

시위 캠프에 공장장이 나와 있었다. 자신 때문에 고생하는 직원들에게 간식을 마련해 들고 온 참이었다. 인겸이는 공장장이 가져온 인절미 한 쪽을 입에 넣고 회장을 만나고 온 이야기를 꺼냈다.

"나보고 낼부터 물류 창고로 나가라는데 그만둘까 해요. 이 시위를 못 하게 하려는 게 너무 빤하잖아요."

"무슨 소리야? 그로 나가라면 얼른 그래야지. 정식 직원도 아닌 네가, 어린 학생인데다 돈이 필요해서 알바 하잖니? 그런 네가 급여도 못 받게 될지도 모르는 시위를 왜 해?"

공장장이 본색으로 열을 내며 인겸이를 야단쳤다. 머쓱해진 인겸이는 공장장의 말을 잠자코 들으며 생각해 보니 모두 인겸이를 위해 하는 말이었다. 물류 창고에서 일할 때 유의할 점까지 자상하게 설명해 주었다. 지금까지 할아버지와 사청 아저씨 말고 인겸이를 위해 진심 어린 말을 해 주는 사람은 공장장이 처음이다. 돈 많은 회장과는 극과 극인 것처럼 완전히 다른 사람이다. 마음속으로 절대로 공장장의 은혜를 잊지 말자고 다짐했다. 그러고 보니 자신은 공장장의 이름조차 기억해 두지 못하고 있다. 그냥 공장장님으로만 불러서 그랬던 것 같다. 작업복 명찰에 있던 이름을 기억해 보니 최두진이었던 것 같다.

"공장장님 성함이 최, 두 자 진 자이신가요?"

"너 여태 내 이름도 몰랐니?"

"까먹어서 죄송해요. 늘 공장장님으로만 부르다가…."

"아무리 먹는 것을 좋아할 나이지만 어떻게 내 이름까지 까먹니? 내 이름이 맛있던?"

미안하다는 표정으로 배시시 눈웃음을 지며 다소곳한 자세로 속삭였다.

"이제부턴 절대 삼키지 않고 껌처럼 윗니 아랫니 사이에 늘 씹어드릴 게요."

"뭐야? 이 녀석이. 흐흐흐."

농담처럼 말했지만 영원히 잊을 수 없는, 잊어선 안 될 생명의 은인 최두진 씨였다. 1인 시위는 안 하더라도 꼭 복직할 수 있도록 무엇이라도 해야겠다고 결심했다.

물류 창고는 말 그대로 공장에서 만든 물건을 내다 팔기 전에 쌓아 두는 보관 창고였다. 수천 평에 이르는 대지에 다섯 동의 창고가 있어서 쭈뼛거리며 사무실을 찾는 데만 30분은 걸린 것 같다. 가장 앞에 있는 창고에 마련된 사무실을 모르고 안에까지 찾아들어 갔기 때문이다.

인겸이는 사무실에서 지시한 대로 5번 창고로 갔다. 사무실과 다르게 모두 작업복 차림이다.

"작업반장님이 누구세요?"

"아르바이트 나온 학생이냐? 어서 저기 가서 옷 갈아입고 나와! 일하다 보면 작업반장이 누군지 알게 될 거다."

늙수그레한 아줌마였다. 창고 안에선 모든 사람이 푸른 재킷 작업복 차림이었다. 직원이 남성 열 명 정도 빼고 모두 여성들이었다. 여성들은 하루 종일 한자리에서 그날에 닥친 일 중에 한 가지를 반복하고 있었다. 지금은 두 개 조로 나누어 첫 번째 조가 티슈의 갑 두 개를 합친 크기만 한 상자를 열 개씩 묶음을 만들었다. 다음 조는 그 뭉치를 또 열 개씩 큰 골판지 박스에 넣어 밀봉하는 일을 하고 있었다. 인겸이도 몸에 맞는 작업복으로 갈아입고 작업에 끼어들었다. 제품명이나 홍보용 글귀도 그림도 없는 박스다. 내용물이 뭔지 궁금했지만 일반 그릇은 아니었다. 이미 봉해 놓아 열어 볼 수도 없고 다른 이들에게 묻기에도 어색했다. 묵묵히 일하던 중에 상하이의 B.YOUNG 지사로부터 주문받은 가전제품이라는 말이 흘러나왔다.

"요새 다리미는 가볍고 빨래가 눋지 않아서 좋아."

여성 중에 늙수그레한 이가 혼잣말처럼 중얼거렸다. 짐작컨대 스팀아이언 같았다.

"야! 거기 알바생! 너는 사내가 거기서 뭐하는 짓이냐? 첫날부터 잔머리 굴리지 말고 이리 와서 이거 날라!"

조금 배가 나온 듯하지만 나이도 별로 많아 보이지 않고, 보통 키보다 작은 편으로 귀엽게만 보이는 사내가 인겸이에게 하는 말이었다. 무슨 말인가? 자기에게 맡길 일이 박스 포장을 함께하는 것이 아니란 말인가? 인겸이는 처음 옷을 갈아입으라 했던 늙수그레한 아줌마의 눈치를 보았다. 아줌마는 자신의 일에만 열중하고 인겸이에겐 관심도 없었다. 할 수 없이 젊은 사내가 오라는 곳으로 갔다. 밀봉한 큰 골판지 상자를 나르는 일인데 모두 다섯 명의 남성들이 맡아 하고 있었다. 박스는 혼자 들긴 부피도 만만찮고 무게도 엄청나게 무거웠다. 다른 이들은 어떻게 하는지 유심히 살펴보니 모두 박스를 등에 업거나 어깨에 을러메었다. 인겸이도 그대로 따라 했다. 박스 하나를 간신히 들어 다른 박스에 올려 반쯤 걸쳐 놓은 다음 등을 돌려 대고 업었다. 앞으로 들 땐 엄청 무겁고 불편하던 박스가 업어 보니 부피도 덜 거추장스럽고 무게도 가벼워졌다. 박스의 무게가 팔에만 쏠리지 않고 어깨와 등에 분산된 까닭이었다.

등에 진 박스를 창고 밖에 세워 둔 25톤짜리 트럭 탑 안에 넣어 주면 두 사람은 이것을 받아 차곡차곡 쌓았다.

"지게차로 하기엔 너무 가볍고, 손으로 나르기엔 너무 무겁고 애매하지. 이런 애매한 물건이 자주 나오니까 그럴 때마다 아까처럼 잔머리 굴리지 말고 얼른얼른 나서서 날라."

물건을 나르면서 힘이 들지도 않는지 잔소리를 해 댄다. 은근히 기분 나빠진 인겸이는 '나이도 별로 차이나지 않는 것 같은데 처음부터 잔머리 굴린다고 막말하는 저 싸가지는 정체가 뭘까?' 하고 생각했다. 그런 인겸이의 속을 들여다본 듯이 사내가 말을 보탰다.

"너보다는 내가 훨~씬 어른이니까 말 함부로 한다고 생각하지 마라 다 너를 위하는 말인 것을 며칠만 지나 보면 알 테니까."

박스를 업은 채로 인겸이 코앞에 얼굴을 들이밀며 말했다. 기왕 말 나온 김에 알아보자고 인겸이가 물었다.

"형은 나이가 몇인데요?"

"짜식이? 임마! 나이라니? 연세! 연세가 어떻게 되시는지요? 이렇게 물어야지! 감히 어디라고?… 이 연세는 스물다섯이시다!… 내년만 보내면."

뒤에 붙이는 '내년만 보내면'이란 말을 작은 소리로 해서 웃게 했다.

"치! 그럼 지금은 스물 셋이구나, 난 또 크으~게 어른인 줄 알았네, 흠! 나도 십 년만 보내면 스물여덟 살이네. 에헴."

인겸이도 그와 같은 수준으로 가자고 어른 흉내를 내며 말을 놓아 봤다.

"어? 이제 겨우 고딩이 까분다? 그래도 너보다 다섯 살이나 많아 이놈아! 어디라고?"

눈을 부라리는 폼이 갑질 좀 하며 사는 자 같다.

"흥! '객지 벗은 열 살 차이나도 할 수 있다'는 말을 못 들었나?"

기선을 빼앗자고 목소리를 내리 깔며 할아버지께 들은 풍월로 속담 한 구절을 읊어 댔다.

"이게 좀 웃길 줄 아네? 인마! 오 년 동안이면 먹은 밥그릇으로 따져도 하루 세 그릇씩 오천사백칠십오 그릇이나 된다. 아니지, 중간에 윤년이 한 번 끼었을 테니까 오천사백칠십팔 그릇이구나. 그게 얼마나 되는지 길에다 나열해 봐야 알겠니? 감히 어디다 맞먹으려고 해?"

치밀한 계산까지 들이대는 기세에 인겸이는 속으로 '졌다'를 외치고 말았다.

"아알겠!씁니다아! 형니~임!"

업고 있던 박스를 트럭에 내려 주고 얼른 허리를 기억자로 굽혀 어깨를 내려뜨리며, 얼굴을 쳐들고 바리톤 목소리로 복종하겠다는 뜻을 보였다. 사내는 웃음을 터트리며 손을 내밀었다.

"나는 군대 제대하고 새 학기에 복학하려는 대학생 배장일이다. 베짱이란 별명으로 많이 부르지. 그런데 너는 이름이 뭐냐?"

베짱이보다 배짱이라고 해야 성격과 더 잘 어울릴 것 같았다.

"사래고등학교 2학년 천인겸입니다."

"고딩이 어쩌자고 이런 델 알바하냐?"

그가 말한 이런 데가 무슨 말인지 뭔가가 있는 거 같아 얼른 말꼬리를 잡고 물었다.

"왜요? 이런 데가 어때서요?"

"너처럼 일을 많이 안 해 본 사람은 힘들고 어려운 데니까 그러지."

"치, 고딩이나 대딩이나 고낀대낀이지 뭐."

"고낀대낀이 뭔 말인데?"

"도긴개긴, 오십 보 백 보, 이거나 저거나, 거기서 거기!"

머리 어깨를 좌우로 움직이며 목을 빼고 옛날 개그를 흉내 냈다.

"흐흐흐 짜식 뭐가 고낀 대낀이야? 고딩은 고작인 고딩! 대딩은 대단한 대딩! 그중에서도 나는 예비역 대애~딩!"

그때 박스를 나르고 있던 늙수그레한 남성 하나가 갑자기 "야 이 짜식들아! 니들 뭐하려고 온 자식들이야? 노닥거리러 왔거든 당장 나가!" 하며 인겸이와 배장일에게 소리를 질렀다.

둘은 화들짝 놀라 후다닥 흩어져 박스를 업었다.

"거봐 고딩이나 대딩이나 같이 욕먹고 욕먹으니까 자동이잖아. 대단은 무슨? … 아하~ 그렇지이, 대가리만 단단한 대단?"

박스를 업고서도 인겸이는 혼자 코웃음을 치며 중얼거렸다. 신기하게도 베짱인지 배짱인지가 욕을 해 대는 바람에 둘이 금방 친해진 것 같다.

120박스를 인겸이까지 여섯 명이 한 사람 당 스무 번 이상 날랐다. 모두 땀범벅 되어 잠시 앉아 쉬었다.

"너희들 앞으로 요령 피우지마! 한 번만 더 아까처럼 노닥거리거나 했단 당장 아웃이다."

"예, 죄송합니다. 반장님."

배장일의 대답에 비로소 욕을 해 댔던 늙수그레한 남성이 작업반장임을 알았다. 성격이나 모든 것이 공장장 최두진과 대조적이었다. 까다로운 작업반장 덕에 시간이 되는 대로 시위에 참가하려던 계획이 생각대로 되지 않았다. 늘 마지막 전철을 놓치지 않기 위해 뛰어야 할 만큼 빠듯한 시간에 퇴근해야 했다. 그만큼 작업반장은 인겸이에게 인색하게 대했다.

10월 3일 개천절 앞뒤로 연휴라고 감독과 코치진들이 하루 훈련을 접었다. 인겸이네 공장도 마침 회사 생일이라고 하루 쉰다. 모처럼 바닥난 체력도 회복하고 한동안 읽지 못했던 할아버지 일기를 읽으려고 저녁을 먹자마자 자리에 들었다. 연휴 땐 축구 부원들도 모두 기숙사를 나가고 빈집처럼 조용해진다. 곧 추석 연휴도 다가오는데 그땐 할아버지 묘소에 다녀올 생각이다. 장욱이에게 인터넷으로 기차표를 예매할 때 같이 하라고 돈을 미리 주었다.

인민재판과 해방

갑자기 마을이 떠들썩하다. 무슨 일인지 밖을 내다보려는데 군인들이 들이닥쳤다. 기습하듯이 밤에 들이닥칠 줄 몰랐던 도윤은 미처 피할 새도 없었다. '올 것이 왔구나' 하고 '징집되느니 기회 봐서 도망치자'고 생각했다. 그때까지만 해도 군인들의 복장과 무기가 다르다는 것을 모르고 있었다. 군인들은 집집마다 뒤져서 있는 사람들을 모두 물레방앗간 마당으로 끌어내었다. 도윤네의 두 노인은 그대로 두고 어머니와 도윤만 데려가려고 했다. 어머니는 아버지의 사망으로 충격을 받아서 이미 실성한 사람이 되어 있었다.

다행히 군인들은 도윤만 인민재판장인 물레방앗간 마당으로 내보냈다. 하경과 선생 부인도 나와 있는 것을 보니 또 아랫마을과 윗마을 사람들을 다 불러낸 것이었다. 도윤과 하경 등 몇몇을 빼고는 대부분 아낙과 노인들이었다. 군인들의 복장이나 말씨, 태도가 평소 보아 왔던 군대와는 많이 달랐다. 모자와 총기의 모양이 다르고 서로 부르는 직위도 달랐다. 이북 군대인 것을 깨달았다. 속으로 우선은 살았구나 싶어서 반가웠다. 아버지를 죽인 원수의 군대에 가지 않아도 될 것이기 때문이었다. 그때 별 두 개를 단 계급장이 제일 높아 보이는 사내가 나서서 자신들을 소개했다. 말씨가 명쾌하니 똑똑해 보이지만 차가운 인상의 사내였다.

"인민 동무들! 우린 북에서 내려온 김일성 주석의 해방 전사들입네다. 제국주의 미군과 이승만 괴뢰도당으로부터 남조선을 해방시키려고 북조선에서 온 린민해방군이라 이 말입네다. 그래설라무네 우리를 린민군으로 부르라 이말입네다. 미군의 앞잡이요 악질 친일을 계승한 반동 이승만 괴뢰도당이 그동안 얼마나 많은 애국지사와 무고한 린민을 학살했는지 잘 아실 겁네다. 그 예가 바로 제주하고 여수, 순천 등지서 저지른 만행입네다. 우리 해방 전사들이 그 악질 반동 살인마들로부터 남조선 린민을 해방시키기 위해선, 여러분의 협조가 절실하다 이 말입네다. 린민 여러분의 제보가 있어야 하고 또 린민재판의 판결을 해 주시기 바랍네다. 반동분자들을 색출해 린민재판으로 처단해야 한단 말입네다. 인사는 이만 하고 지금부터 린민회의를 진행하니 녀러분께선 린민으로서 적극 참여하여 주시기 바랍네다. 묻는 것은 거짓 없이 대답하시고 저희가 하잔대로 따라 주시기를 부탁드립네다."

사내는 생각보다 말씨가 억세거나 생경하지 않고 부드럽고 친절한 말투였다. 도윤은 아버지를 죽인 이승만의 군대를 물리치러 온 군대라니 속으로 기대했다. 하지만 만나자마자 이내 적극적으로 북쪽 편에 나서기엔 내키지 않았다.

사내가 인사를 하는 동안에도 종일 논밭에서 일한 이들은 하품을 참느라고 눈에 눈물이 가득하다. 결국 조는 이도 있었다.

"이동학 동지 기십네까?"

펼쳐 든 종이를 보며 사내가 부르는 이름을 도윤은 잘못 들었나 했다. 그러나 하경이와 부인이 반응하는 것을 보니 잘못들은 것은 아니었다.

"이동학 동지? 안 기시오?"

재차 말하는 이름을 듣고 도윤이 대답하려고 벌떡 일어났으나 입을 열지도 않았는데 누군가 불쑥 말해 버렸다.

"그 냥반 시방 이 시상이 지신가두 물르겄네유."

순간, 도윤은 북측 군대가 어떻게 선생을 알고 있는지 궁금했다.

"뭐이 어드래 됐다는 기오?"

사내도 조금 놀랐는지 목소리가 다소 높아졌다. 그때 하경이가 일어나 대답했다.

"제 아버지신데요. 경찰이 모셔 간 지 이레도 넘었는데 여태 아무런 소식이 없습니다."

"아, 기래요? 흐음."

사내는 안타깝다는 듯이 탄식하며 깊은 숨을 내쉬었다.

"이동학 동지 따님이시면 동지 이쪽으로 나오시오. 부인 동지께서도 같이 나오시오."

사내는 하경과 부인을 앞으로 불러내어 편한 자리에 앉혔다. 이어서 다시 펼쳐 든 종이를 들여다보며 또 물었다.

"천장돌 동지는 기십네까?"

이번엔 도윤이 놀랐다. 잠시 눈만 멀뚱거리다가 재차 물을 때 간신히 입을 떼었다.

"저희 아버지신데 어제 돌아가셨습니다."

"메이요? 아! 이런 이런 쯧쯧쯧… 안 됐오…."

사내의 탄식이 도윤의 심정을 자극해 가슴을 터질 듯이

원통함이 솟아올라 왔다. 그냥 땅바닥에 주저앉아 '저희 아버지는 남조선 살인마 괴뢰들의 죽창에 절명하셨습니다!' 하고 일러바치듯 소리소리 지르며 울부짖고 싶은 심정이었다.

"천장돌 동지 아들이면 천도윤 동지시오? 얼마나 비통하시오? 이제 우리가 그 원수를 잡아야 합네다. 이리 나와 여게 앉으시오."

아버지의 존재뿐 아니라 자신의 존재까지 알고 있었다니 북측의 정보가 놀라웠다. 도윤의 마음을 알고 위로하는 말이겠지만 원수를 잡자는 말도 몹시 고마웠다. 사내는 몇몇 사람을 동지라고 부르며 찾았으나 대부분 보도연맹으로 끌려가고 없었다. 하경과 도윤처럼 그 가족들이 대신 앞으로 나왔다.

이북 군은 하경과 도윤을 비롯한 보도연맹으로 학살되었거나 끌려가서 소식 없는 가족들에게 직책과 임무를 주었다. 도윤에겐 상갑리 지역 인민위원장을, 하경에게 여성 인민위원장을 각각 맡기며 지역을 이끌어 달라는 임무를 주었다.

동지 명단을 다 불렀는지 사내는 질문을 했다.

"최대 지주가 누기요?"

지주라는 용어가 보통 많이 사용하지는 않아서 사람들은 얼른 알아듣지 못했다. 모두 멀뚱하니 있자 사내는 재차 묻는다.

"여는 땅 많은 지주 읎소?"

그때야 알아듣고 땅 좀 가진 이들이 하나둘 일어섰다. 땅 임자에게 무엇을 얻거나 무슨 부탁을 하려는 줄 알았던지 서로 자신이 가진 재산이 많다는 식으로 나섰다.

"지가 땅뙤기 즘 부쳐 먹구 있슈."

"그짝 보덤은 내가 더 많잖여? 지가 땅즘 있어서 소작두 즘 주구 있슈."

도윤이 알기로는 둘 다 가진 땅이 열 마지기도 안 되는 이들이었다.

"기래요? 그럼 둘은 앞에 나와 여기 서시오."

사내는 안면에 웃음을 가득 머금고 두 사람 모두 반기며 손짓을 했다. 그러자 두세 명이 더 나섰다. 사내는 그들도 반갑게 포함해 주었다.

"땅 가진 이들 다 나오시오. 남 몰래 지닌 땅도 다 알아낼기요. 곧 증언할 동지가 올 기니 그 전에 자진 날래 나오시래."

눈치를 살피며 주뼛주뼛 나오는 이들이 또 서너 명 되었다. 그들 중에도 이주동 같은 대지주는 있을 것 같지 않앗다. 밤이 깊어 자정이 넘은 것 같았다. 그때 여러 사람의 발소리가 가까워지더니 장정들 대여섯이 몰려왔다. 모두 군복 차림이었다.

"천도윤! 잘 있었나!"

그 장정들 속에서 부르는 소리였다.

"어?"

"어머!"

도윤과 하경이 동시에 놀라며 벌떡 일어났다. 철묵이 장정들 속에서 나왔다. 도윤과 철묵은 서로 와락 부둥켜안고 떨어지는 방법을 잊은 듯이 만감을 헤아렸다. 한참 만에야 떨어지며 반가워서 어쩔 줄 모르는 하경의 손을 철묵이 잡아 주었다.

"그간 산 생활루다 을마나 고생 많었냐?"

도윤이 먼저 말을 꺼냈다. 함께 가자고 했을 때 거절한 것에 대한 미안한 마음이 앞섰기 때문이다.

"나야 잘 버티다가 이렇게 무탈하다."

"함께 못 한 것이 많이 맘에 걸렸다. 미안허다."

"이제부터 함께하면 되잖아, 그나저나 오다가 선생님하고 너희 아버지 소식 들었다. 나도 이렇게 통분을 느끼는데 너는 얼마나 분하고 원통하냐?"

철묵의 조의를 받고 코끝이 찡해지며 눈물이 그렁했지만 도윤은 나약한 모습을 보이기 싫어 눈물을 흘리지 않았다.

"말 안 해도 네 마음이 어떤지 가히 짐작하고도 남는다. 우리 저놈들에게 원수 갚아 줘야지. 용기 내자."

도윤의 어깨를 도닥이는 철묵이 대견하고 믿음직했다.

"오시다가 아버지 소식도 들었다고요?"

하경이 곁에서 철묵이 선생의 소식을 들었다는 말에, 자신들이 알지 못하는 새로운 소식인지 묻는 말이었다.

"어? 어, 나도 읍내서 들었는데."

철묵의 표정이 침울해지며 기운 없이 건조한 소리로 이야기를 이었다.

"어저께 대전 교도소서 수천 명도 넘는 사람들을 산내라는 골짜기로 끌고 갔는데 아무도 돌아오지 않았다는 거야. 모두 다….."

"아! 아~!"

철묵의 이야기를 듣다 말고 하경이 하얗게 질려 소리치더니 얼굴을 손으로 감싸고 주저앉았다. 선생이 대전 교도소로 이감되었다는 것까지는 아침에 전해 들었기 때문이었다. 그것을 지켜보던 부인도 벌떡 일어나 달려와 철묵의 팔을 잡고 물었지만 눈물이 맺힌 철묵도 더 이상 말을 잇지 못했다.

"어찌 되셨다고? 우리 집 양반 어찌 되셨다고오~? 아녀! 그럴 리 없어! 그럴 리, 아~"

그대로 혼절하며 스러지는 부인을 도윤이 얼른 받아 잡아 부축했다. 철묵과 도윤은 하경과 부인을 민주학당으로 부축해 갔다. 울음을 참고 있던 도윤도 더 이상 눈물을 참을 수가 없었다. 같이 울며 비통에 빠져 있는 부인과 하경을 어떻게 위로해야 할지 막막했다. 잠시 묵묵하던 철묵이 무거운 목소리로 입을 떼었다.

"실은 저희 아버지도 여기서 선생님 가시던 그날 함께 가셨어요."

"에엥?"

도윤도 하경도 부인도 놀란 눈으로 철묵을 보았다.

"그 그럼 설마."

"소식 없으시니까 아마도…."

철묵은 남의 이야기 하듯 무표정으로 대답을 했지만 무엇인가를 목으로 삼키느라고 말끝을 흐렸다. 목으로 삼킨 그것은 원한과 분노와 절규의 응어리였고 꼭 그 원수를 응징하리라는 다짐임을 도윤은 알 수 있었다. 하경과 철묵과 도윤은 서로의 얼굴을 번갈아 보면서 긴 숨을 내쉬었다. 누운 듯이 있던 부인이 벌떡 일어나 앉으며 미친 듯이 중얼거렸다.

"아냐! 살아 계셔. 그렇게 쉽게 떠날 분이 아니잖아. 꼭 살아 계실 거야."

부인은 선생의 타계를 인정할 수 없다고 머리를 흔들었다.

"맞아 엄마, 아버지는 그렇게 쉽게 돌아가실 분이 아니야. 꼭 돌아오실 거야. 나는 오실 때까지 기다릴 거야."

두 모녀의 끝없는 슬픔이 시작되었다. 아니, 단지 모녀뿐만 아니라 이 민족의 원한과 비애가 얼크러져 가고 있었다. 이때까지도 도윤은 사무치는 그 원한과 악연이 평생 동안 자신의 삶을 지배할 줄은 짐작도 못했다.

그 밤부터 북에서 내려온 군대가 또 피비린내 나는 살상을 시작했다. 미처 피난을 가지 못해 숨어 있는 지주와 군, 경 공무원과 그 가족들을 집집마다 뒤져서 끌어냈다. 들켜서 끌려 나온 이들이 생각보다 많았다. 그 중에 노약자와 어린이를 뺀 모두를 사람들 앞에 무릎을 꿇려 앉혔다. 이북 군은 그 자리에서 이내 인민재판이라는 것을 열어 참석한 주민들이 모두 사형 선고를 내리도록 유도했다. 말 그대로 인민이 판결하는 인민재판이니 모두 한마을 사는 사람들이 그들을 냉정히 재판해야 한다.

"리승만 괴뢰 정권은 제주도서 무고한 린민을 군경 가족 친지가 아니라고 살해했소. 그 희생자 대부분이 릴제 치하에 소외와 탄압에 서럽게 살아온 우리 린민들이었소. 우리 해방 전사들은 그 반대로 릴제에 간살대고 권력을 비럭질해 린민을 괴롭히고 호의호식으로 살아온 민족 반역 도들을 처단하고자 이 린민재판을 렬게 되었소…."

군인들은 끌어낸 사람을 한 사람씩 호명하고 관련된 죄를 나열한 다음 주민들에게 처형 판결을 유도했다. 아무리 그 죄가 괘씸한들 어찌 한마을 사람을 처형하라 할 수 있을까? 그러나 이북 군과 공산당원들이 처단하라는 구호를 외치며 군중의 동조를 유도했다. 결국 자신들이 찍혀 함께 당할까 봐 두려워하는 마을 사람들은 시키는 대로 처단하라는 구호를 외쳤다. 처형 판결을 받아 낸 군대는 항의하거나 구명을 애걸하는 이들을 줄로 꽁꽁 엮어 군용 트럭에 태우고 사라졌다. 이북 군대는 지주들에게 재산을 모두 압수해 땅 없이 농사지어 온 소작인들에게 나눠 줄 것이라 했다. 또 군량미로도 지주들의 곳간을 압수했다.

"그간 인민 여러분 악덕 지주에게 도지를 수탈당하며

고생들 많았소. 이제 곧 우리의 김일성 장군께서 그 땅을 여러분께 분배해 줄 거이니 소작료 걱정 없이 마음껏 농장을 경영하게 될 거외다."

진짜인지 믿어지지 않아 사람들이 수군대었다. 아니, 땅을 얻는 기쁨보다 사람을 끌어내 재판하고 사형 선고란 가혹한 처벌에 혀를 내둘렀다. 변론 하나 없이 집행하는 서슬에 모두 주눅이 들어서 군대의 눈치만 볼 뿐이었다.

만약 이동학 선생이 있었다면, 당장 기득권을 응징하는 인민재판 같은 것을 찬성하진 않았을 것이다. 서로 파괴하고 죽고 죽이는 전쟁이란 원한만 쌓게 되고, 상대를 완전히 소멸시켜도 역사의 치부가 될 뿐, 진정한 평화와 행복을 얻진 못한다고 강론했었다.

도윤의 생각도 그랬다. 땅 주인으로서 무위도식했다고 단정 짓는 편견만으로, 재산 몰수에다 처형까지 하는 가혹한 처벌은 진정한 혁명일 수 없다는 생각이다. 그렇다고 아버지의 죽음과 그 살인마를 잊겠다는 생각은 더더욱 아니다.

새벽에야 마친 인민재판은 거기서 끝이 아니었다. 이북 군은 잠시 눈을 붙인 후 날이 밝으면 숨은 반동분자 색출 작업으로 이어 갈 계획이었다. 밤엔 어두워서 다 뒤져 보지 못한 곳이 많다고 집집마다 다시 샅샅이 뒤져 보자는 것이었다. 도윤과 하경은 지역 동맹위원장으로서 임명되었으니 당연히 함께할 수밖에 없었다. 동구에 배치한 보초들만 빼고 나머지 이북 군이 눈을 붙이는 동안 도윤은 은밀히 해야 할 일이 생겼다.

돼지 밥을 주려고 나가다 어둠 속에서 이주동이 자기 집으로 들어가는 것을 보았었다. 태어나서부터 주동과 함께 살아온 도윤이다. 어둑발의 새벽이라 해도 불과 50미터도 못 되는 거리에서 그를 몰라볼 리가 없었었다. 부인이 태기가 있다더니 부인 보호에 필요한 것을 다 챙기지 못했던 것 같았다. 인민군에게 들키면 악질 친일파 집안에다 부르주아 악덕 지주의 상속자로서 살아남기 어려울 것이었다. 그를 좋아할 수는 없지만 그렇게 죽게 놔둘 수도 없다. 원수 이승만 군대와 같은 편이지만 함께 자란 인연만으로도 그랬다.

도윤은 얼른 자신이 입던 헌 누더기 적삼과 농립을 함께 들고 주동의 집으로 갔다. 그런 옷으로 위장시켜야 눈에 잘 띄지 않을 것이다. 마을에 남아 이북 군과 함께하고 있는 자들 대부분이 가난한 소작인들이기 때문이다. 주동의 집은 위아래 마을 통틀어 가장 큰 기와집이다. 흙과 돌을 섞어 쌓은 긴 담장까지도 기와로 지붕을 얹은 고대광실이다.

대문간에 당도해 대문을 조심조심 조용히 밀어 열고 작은 소리로 불렀다.

"주동이 있나? 주동이!"

안방 문이 활짝 열리며 주동의 할머니가 얼굴을 내밀었다. 영감은 이미 세상을 떠났고 팔순이 다 된 노파가 꼬장꼬장하다.

"읎다. 이늠아! 니까잇게 우리 주동일 뭐헐라구 새벽 댓바람부터 찾았싸?"

큰 소리로 야단이었다.

"조용허셔유. 주동이 여기 있으면 죽어유. 살라먼 빨랑 나와서 저를 따르라구 허셔유."

"아니 이늠이? 야 이늠아! 니까잇게 뭔디 우리 주동이보구 따르라구 혀?"

도대체 말이 통하질 않아 더 말을 이었다간 큰 소리 때문에 다 들통나 버리고 말 것이었다. 도윤은 별수 없이 자신이 들고 간 옷을 두며 노인에게 정중히 부탁했다.

"알겠습니다유 마님. 죄송허지먼 주동 도령님께 되더락 빨랑 지 옷 입으시구 즈이 집으루 오시라구 전해 주셔유.

지발 부탁드려유 마님."

툇마루에 옷을 올려놓고 되돌아섰을 때 코앞에 검은 물체가 서 있었다. 하마터면 기함할 뻔 했다. 주동이 도윤을 죽일 듯한 눈초리로 쏘아보고 있었다.

"니늠이 여긴 뭣허러 온겨? 빨갱이라서 염탐허러 온겨?"

그는 검은 기지바지에 깔끔한 흰 셔츠 차림에 팔대이 가리마의 하이칼라 머리를 하고 있었다. 멀리서 봐도 행세깨나 하는 양반으로 눈에 띌 것이었다. 늘 그런 차림을 하는 주동이기에 자신의 옷과 농립을 가지고 온 것이었다.

"그딴 거 따질 새 읎어. 죽기 싫으면 어서 이 옷으루 갈어입구 따러와."

비장하게 말하는 도윤의 표정을 본 주동은 따를 수밖에 없는 것을 알고 토를 달았다.

"너 만약 허튼짓했다간 그 자리서 뒈질 줄 알어."

도윤 따위를 따른다는 자존심 때문인지 그는 주머니에서 접이식 칼을 꺼내 보였다. 그런 행동마저 도윤에겐 졸렬하기 그지없게 보였다.

도윤은 주동이 옷을 갈아입는 동안 주변을 자세히 살폈다. 유월 해가 가장 긴 때라서 일곱 시도 채 안 되었는데 어둠은 한 오라기만큼도 남지 않고 날이 완전히 밝았다. 먼 동구에 있는 군인 말고는 주변의 군인들은 눈에 띄질 않았다. 도윤은 주동에게 보리 추수한 밭을 일구러 가는 척 괭이를 메게 했다. 자신이 보아 두었던 동굴로 주동을 안내했다.

"여기 숨었다가 인민군 나간 다음 움직이야 될껴."

"야, 여기 벌레두 있구, 이냥 어둡구 드런 디서 혼자 오떻기 있냐?"

미군용 지포 라이터를 켜서 동굴 안을 살펴본 주동이 투정했다. 언제 어떻게 이런 곳을 찾아냈냐고 감탄은 못 할망정, 이 와중에 투정을 하다니 아직도 정신 못 차린 주동이었다.

"싫으면 나가서 잡혀 죽던지! 이따 틈나면 먹을 꺼 갖다 줄 텐께 그때까장 참구 있어."

도윤은 핀잔하듯이 내뱉고 서둘러 이북 군과 모이기로 약속한 장소로 나갔다. 주동을 일단 피신시켰으나 마을을 뒤지는 이북 군을 따르며 행여 들킬까 불안했다. 주동만 무사하면 마을엔 큰일 당할 만한 사람이 더 없을 줄 알았다. 하지만 크게 빗나간 생각이었다.

집집마다 조사하던 이북 군은 주동의 할머니를 그냥 넘

기지 않았다. 도윤은 치매 노인이니 무시하라고 이북 군인솔자에게 귀띔했다.

"흠, 이 집은 반동 지주가 살았구만… 집안 살림하고 노친네 행색도 그러고…."

볼수록 수상한지 방 안으로 들어가려고 마루로 올라섰다. 군인들이 하는 꼴을 잠자코 지켜보던 주동이 할머니가 기어코 참지 못하고 한 마디 뱉어 냈다.

"암만 군인이라두 기냥 함부루 넘의 집이 들온댜?"

당황한 도윤은 얼른 나서지 마시라는 눈짓을 했지만 알아차릴 노인이 아니었다. 아니 도윤 따위의 말을 들을 리 없었다. 눈을 부라리며 뽀로통하니 중얼대는 소리를 군인이 들었다.

"이보시라우 할마이 지금 뭬라 했소?"

군인의 어감은 부드러운 듯이 들리지만 냉정하고 위압적인 물음이었다.

"예의두 물르남? 왜 넘이 집이 함부루 들오냐구!"

주동이 할머니는 아예 목소리 높여 군인을 훈계하듯이 따졌다. 반동을 색출하러 다니는 군인이 반동 가족인 노파의 훈계질을 그냥 넘길 리 없었다.

"이보시라우, 지금부턴 이 집이 할마이 집이 아이오. 우리 닌민군이 접수하갔소."

서슬 퍼런 군인의 위압적인 강요에도 주동이 할머니는 기죽지 않고 아예 길길이 뛰었다.

"뭣이여? 누구 맘대루? 이 집이 워떤 집인디 니 늠들이 접수를 혀? 내 집서 당장 나가거라 이 강도 겉은 늠들아!"

"뭬이 어드래? 이 할마이가 위대한 닌민군을 강도라 씨부리네?"

발끈하니 화를 내는 군인 앞이지만 도윤이 나서서 말리지 않을 수 없었다. 그대로 두면 무슨 일이 벌어지고 말 것만 같다. 얼른 군인을 막아섰다.

"망령든 노인네인데 뭐 그리 상대하시오? 내가 이따 잘 단속하리다."

도윤의 만류에 군인이 수그러들 듯이 마루에서 내려섰다. 그때 다시 주동 할머니가 소리쳤다.

"이 육시럴늠들아! 어여 내 집서 나가!"

군인이 고개를 팩 하니 돌려 주동 할머니를 째려보고 다시 성큼 마루로 올라서며 방문을 열어젖혔다. 안쪽 벽엔 열두 폭 병풍이 펼쳐져 있고, 아랫목엔 붉고 푸른색 공단으로 된 보료와 금침이 놓여 있었다. 윗목 벽에 사진들이 걸려 있고, 그 사진틀 속에 경찰 복장의 이상태와 주동 할머니가 같이 찍은 사진이 들어 있다. 조선 총독부 소속 경찰로 가슴에 일장기를 단 복장이었다. 그 사진을 군인이 못 볼 리 없었다.

"이거이 뭬야? 오호라 악딜 친일파 민족 반역 아새끼레 오마이였어? 야! 이 할마이 날래 끌어내라우!"

소리소리치며 거부하는 주동 할머니를 여성 당원 몇이 달려들어 끌고 나갔다.

"망령 든 노인네입니다. 그냥 놔 두시면 안 되겠습니까?"

도윤이 한 번 더 나서서 이북 군을 설득해 보려고 간절한 눈빛으로 말해 보았다.

"니럴 땐 위원장 동지께서 나설 닐이 아인 것 같소."

군인은 냉정하고도 단호하게 도윤의 의견을 일축해 버렸다. 도윤은 주동 할머니가 안타까웠지만, 이북 군대를 위해서도 바람직하지 않을 일이라고 생각했다. 아직도 양반의 권위를 내세우는 주동 할머니의 꼴이 몹시 거슬리지만, 칠순 넘은 노인을 인민재판에 끌어내는 건 좋은 모습이 아니었다. 진작 주동이와 함께 피신시키지 못한 것이 후회되었다.

이북 군은 주동 할머니를 포함한 세 명을 끌어내었다. 도윤처럼 노부모를 맡길 데가 없어서 남아야 했던 주동의 종친 한 사람과, 아이를 낳은 지 얼마 안 된 서른 살의 산모였다. 이주동의 종친은 아들이 이남 군 장교라는 이유였고, 산모는 남편이 북에서 내려온 지주요 친일을 했고 서북청년단원으로 4 · 3 학살 때 가담자라고 했다. 얼마 전에 이북에서 내려온 집이란 것은 알았지만 나머지 이야기는 처음 들어본다. 한마을 사는 도윤도 모르는 것을 이북 군이 어찌 알았을까? 짐작컨대 누군가가 자신이 살기 위해 고해 바쳤을 것이다.

이북 군은 물레방앗간 공터에 마을 사람을 다시 불러내어 이들 셋을 놓고 또 인민재판을 열었다. 군인들의 눈치를 보던 마을 주민들은 이번에도 자신도 죽게 될까 두려워 결국 같은 구호를 외쳤다. 아무 변론도 해 주지 못한 도윤 역시도 그 군중의 하나에 지나지 않았다. 그 재판에 처했던 셋 중 한 명도 구명되지 못하고 모두 처형되는 끔찍한 사건이었다. 안타깝지만 도윤으로선 그들 아니, 주동 할머니만이라도 살릴 뾰족한 수단이 없었다.

도윤이 인민재판이 끝날 즘에 참담한 심정이 되어 일이 있다는 핑계를 대고 집에 들렀다. 아침에 어머니에게 부탁한 대로 감자와 옥수수가 삶아져 있었다. 그 감자와 옥수수를 싸서 주동에게로 달려갔다. 할머니의 일을 알리며 구명 못한 책임을 변명이라도 하려는 생각이었다. 주동은 이미 사라지고 동굴은 비어 있었다. 불을 피우거나 검불이라도 모아다 깔아 둔 흔적이 전혀 없는 것으로 보아 아침에 도망친 것으로 짐작되었다. 마을을 안전하게 빠져나갔다는 표시니 다행이었다. 그의 할머니는 희생되었으나 그만은 끝까지 무사할 수 있기를 빌었다.

도윤은 철묵이 소속된 이북 군대에 들어 마을을 떠나야 했다. 할아버지는 도윤이 떠나기 전에 아는 스님을 불러 다비식을 하자고 아버지 시신을 모셔 왔다. 그러나 스님이 늦게 오는 바람에 도윤은 다비식을 보지 못했다. 이미 낙동강까지 닿아 전투 중인 이북 군대의 주력 부대보다 많이 늦었기 때문에, 도윤이 소속된 부대장은 더 서두르고 재촉했다. 할 수 없이 치매인 할머니와 할아버지를 병약한 어머니께 맡겨야 했다. 이북 군이 새로 임명한 여성 동맹원들이 남아 보살피겠다는 약속을 해서 부탁했다. 마지막으로 할아버지와 어머니께 만약 위급해지면 피하라고 동굴을 알려 드렸다. 마음이 무거웠지만 다른 방법이 없었다. 어떤 상황이든 아버지의 복수를 위해선 무조건 전선으로 향해야 했다. 하경도 어머니의 반대에도 어머니를 친정에 가 있도록 하고 여군단에 들어 함께했다. 철묵은 중위 계급으로 부대를 맡았는데 거느린 부하가 꽤 많았고, 중대가 달라서 도윤과 자주 만날 수 없는 위치였다. 하경도 역시 상급 병사인 도윤보다 네 급이나 위인 특무 상사라서 직무상 자주 만나기 어려웠다. 각자가 임하는 작전도 다르니 전투에서도 각자 알아서 살아남아야 했다. 날이 갈수록 도윤은 전투력을 갖추고 군사다운 모습으로 변해 갔다.

감독에게 보란 듯이

18세 이하 국가 대표에 뽑힐 마지막 기회가 주어진 축구 협회장기대회가 다가왔다. 며칠 뒤면 첫 예선전이 시작된다. 그동안 인겸이는 새 감독의 눈에 들기 위해 최선을 다해 훈련을 했다. 아르바이트를 하느라 바빠도 훈련에는 단한 번도 빠지지 않았다. 전지훈련에도 배장일에게 부탁을 해서 작업반장을 설득했다. 작업반장은 인겸이의 사정을 듣고 짜증을 내면서도 다행히 받아 주었다. 그만큼 국가 대표에 뽑히기 위해 축구 훈련에 성실하게 임해 왔다. 아직 주전에 복귀하진 못했지만 특별 카드로서 출전 기회를 자주 얻고 있으니 머잖아 주전으로 뛰게 되리란 기대도 하고 있다. 이번 대회엔 꼭 청소년 대표팀 감독의 눈에 들만큼 잘해 내자는 다짐이었다. 축구 인생이 걸린 대회라는 각오로 훈련했다.

몇 달 지나면 인겸이도 3학년이다. 2학년이 3학년 되면 그 뒤를 이어 1학년이 될 후보들로, 중학교에서 스카우트한 아이들이 몇 있다. 인겸이와 장욱이 그랬던 것처럼 고등학교 팀에 대해 아무것도 모르는 아이들은 지들 멋대로 행동한다. 그래서 모르는 것을 가르쳐 주려고 불러 놓고 이야기하던 중이었다.

"우리도 니들처럼 중학생일 때 그랬다. 잘 몰라서 그러는 거라고 선배들께서 가르쳐 주시더구나. 그래서 나도 니들에게 몇 가지 말해 줄 게. 잘 기억했다가 실수하지 마라. 첫째로 훈련이 끝나면 공을 비롯한 훈련에 사용했던 용품들을 너희들이 먼저 나서서 정리하고 보관소에 갖다 놓는다. 두 번째로 샤워는 감독님이나 코치, 주무 들께서 하시려는 눈치면 절대 먼저 들어가지 마라. 우리까지 다 하고 나면 너희들 차례다. 같이 샤워하자는 명령 없으면 말이다. 셋째로…."

"야! 천인겸! 너 애들 데리고 뭐하는 짓이야? 엉?"

무슨 큰일이라도 난 것처럼 감독이 호들갑스럽게 소리치며 인겸이에게 다가왔다.

"아이들이 학교에 처음 들어왔기에 지켜야 할 기본을

말해 주고 있었습니다."

잘못이 없는 인겸이는 당당하고 차분하게 아뢰었다.

"애들이 뭘 잘못했다고 훈계질이야? 엉? 너 깐에 선배랍시고 갑질하냐? 어디서 양아치나 하는 짓을 해? 애들은 내가 가르친다 이놈아!"

교정이 쩌렁쩌렁 울릴 정도로 큰 소리로 인겸이를 꾸짖어 무안을 주었다. 듣던 중학생들이 오히려 미안해서 인겸이의 표정을 살필 정도로 생야단을 쳤다. 인겸이는 너무어이없고 억울했지만 그냥 새기고 말았다.

그런데 다음 날이었다. 오가 쌍둥이가 기숙사 뒤에서 중학생들 군기를 잡는답시고 벌을 주며 울리고 한 갑질 해댔다. 그것을 본 윤리 선생이 나서서 오가 쌍둥이에게 꾸중하고 있었다. 윤리 선생은 감독이 인겸에게 했던 것처럼 심하게 하지 않고 그냥 조용히 타이르는 말이었다.

"아니, 선생님이 왜 우리 애들을 나무라십니까?"

"중학생들을 괴롭히고 있어서 타이르는 중이었어요."

"제 아이들이니까 제가 타이르겠습니다. 선생님께선 여기까지 하셨으면 됐습니다."

노골적으로 여선생의 꾸중을 차단했다. 그랬다 해도 자신이 다시 오가 형제에게 주의를 단단히 주어야 마땅한데,

여선생이 간 다음 그냥 덮어 버리는 감독이었다.

감독은 오가 형제가 뛰어난 유망주도 아닌데 왜 다르게 대할까? 훈련 시간에도 오제나 인겸이 잠깐 늦었다면 불호령이지만, 오가 형제는 자주 늦는데 단 한 번도 야단은커녕 늘 못 본 척하고 만다. 자신을 멸시하고 오가 형제를 편애하는 감독 앞에서 인겸이는 무엇을 어떻게 해야 하나, 아주 뛰어난 축구 실력을 보여 주는 것 말고는 아무것도 없었다. 이번 예선에 출전할 기회를 얻을 수만 있다면 몸이 부서지는 한이 있더라도 열심히 해 볼 각오다.

가스 사고는 당했어도 그동안 키가 많이 자랐는지 조금 큰 편이던 트레이닝 바지 기장이 짧아졌다. 발도 꽤 빨라졌는지 아침 연습 때 준족인 장욱과 대등하게 달렸었다. 몸도 전에 없이 가벼워진 것 같다.

우선 공을 발등으로 저글링하듯이 차 올리며 개인 운동에 들어갔다. 실전에선 애매한 공들이 자신에게 많이 넘어온다. 인겸이는 사청 아저씨가 하던 말을 염두에 두고 공 다루는 연습을 열심히 해 왔다. 지금은 공이 말을 잘 듣는다. 무엇보다 잘 되지 않았던 힐 킥이 아주 잘 된다. 뒤로 넘어가는 공을 발뒤꿈치로 받아 되넘기는데 넘기고 싶은 곳으로 마음껏 넘겨지는 것이다. 이 컨디션으로 경기에 나가면 뭐든지 해낼 수 있을 것만 같다. 속옷이 땀으로 흠뻑 젖도록 뛰었다. 우울했던 기분이 한결 나아져 샤워하고 단잠을 잘 수 있는 밤이었다.

예선 마지막 게임 상대는 봄철 대회 때 8강에서 만났던 부산의 청운유소년팀이다. 이번 예선 성적이 좋지 않아 1무 1패에 골 득실 -2점인 청운고교는, 마지막 예선 경기인 사래고교를 상대로 총력을 다하고 있었다. 쌍둥이들을 선발로 넣기 위해 최선을 다하지 않는 사래고교다. 아무리 1승 1무라 해도 여유를 부릴 수 없었다. 인겸이는 자신에게 기회를 주지 않는 감독이 밉고 원망스러웠다. 오가 쌍둥이들도 더 싫어졌다. 전반에 오기찬이 경고 누적으로 퇴장당한 일은 인겸이를 더 화나도록 했다. 그렇게 열 명이 뛰게 되는 바람에 기어코 1대 0으로 지고 말았다. 예선 탈락의 위기였다. 그런데 이변이 일어났다. 이미 1무 1패에 골 득실 -1로 탈락 위기의 산청고교에게 예선 통과를 목전에 둔 경천고교가 0대 3으로 패했다. 그 결과 산청은 1승 1무 골 득실 +2가 되고 경천고교는 거꾸로 골 득실 -1이 된 것이다. 시골 오지 팀이라고 산청고교를 얕보고 2학년 선수들을 주축으로 내보냈던 것이 경천고교의 패인이었다. 네 팀 모두 1승 1무 1패로 동률을 이루어 골 득실로 가려야만

했다. 골 득실을 따져 보니 1위는 골 득실 2점인 산청고교였고 사래고교가 0점으로 2위였다. 청운과 경천은 -1로 탈락했다. 예선 탈락하지 않은 것은 그야말로 행운이었다. 오기찬이 경고 누적으로 퇴장을 당했으니 다음 게임엔 출전할 수 없다. 인겸이는 특별한 일이 없는 한 16강전엔 자신이 출전할 것이라 기대했다.

16강에서 만난 상대 팀은 경남의 강호라 하는 진주고였다. 사래고의 정상 전력이면 충분히 상대할 수 있는 팀이지만 지금 전력으론 벅찬 상대다. 그럼에도 감독은 16강전에서도 인겸이를 기용하지 않았다. 이영찬과 오기만은 서로 호흡도 잘 맞지 않고 같은 오른발잡이라서 움직임이 중복되는 점이 있다. 또한 둘 다 수비형 미드필더다. 그럼에도 둘을 같이 넣은 것은 의도적으로 인겸이를 기용하지 않기 위해서다. 인겸이는 어쩌면 감독이 자신을 그리 대할 수 있는지 그 까닭이 무엇인지 알고 싶었다. 학교 운동부 감독도 교육자의 의무를 지닌 직위다. 교육자는 모든 학생들에게 똑같은 배움의 기회를 주어야 하고, 잘 배우도록 가르치고 그 앞날을 위해 모든 것을 열어 주어야 할 의무가 있는 것이다.

전반전은 양쪽이 모두 득점 없이 끝냈다. 후반에 진주고의 파상 공세가 시작되었다. 후반 시작 10분간을 쉴 새 없는 그 공격을 막아내느라고 사래고 선수들은 진땀을 뺐다. 그 원인은 미드필더 싸움에서 밀리기 때문이었다. 그럼에도 감독은 인겸이를 기용할 생각을 안 하자, 코치와 주무가 인겸이를 내보내자는 의견을 말해 보기도 했다. 감독은 입을 잃어버렸는지 귀를 팔아 버렸는지 대답이 없었다.

기어코 골을 내주고 말았다. 오기만을 따돌린 상대 공격수가 낮고도 빠른 포탄 같은 기습 롱 숏을 때렸다. 사래고 골키퍼가 몸을 던지며 막아 내려 했지만 몸보다 빠른 공은 정확하게 골 왼쪽 구석에 꽂혔다. 관중석에 자리한 스포츠 TV 중계자가 포탄 같은 숏이라고 표현하는 소리가 들렸다. 사래고의 16강 탈락 위기였다. 후반전이 20분밖에 남지 않았다. 감독은 벌레 씹은 얼굴이 되어 인겸이에게 준비하라고 했다. 인겸이는 말이 떨어지기가 무섭게 일어나 스트레칭을 했다. 인겸이는 감독이 자신을 오기만과 교체할 줄 알았다. 그런데 인겸이와 호흡이 잘 맞는 이영찬을 빼고 인겸이를 넣었다. 잘하지도 못 하는 오기만을 놔 두고 청소년 국가 대표인 이영찬을 빼는 감독이 정상으로 보이지 않았다. 더구나 인겸이와 오기만은 호흡이 잘 맞지도 않고 서로 마음도 통하지 않는다. 그래도 감독의 뜻이니 어쩔 수 없는 것. 최선을 다하는 것 말고는 할 것이 없다. 인겸이는 몸이 가볍고 뛰고 싶은 마음뿐이다.

"돼지야, 우리 함께 오늘 일 좀 내 보자! 사래고 파이팅!"

기만이를 반감이든 호감이든 자극해서 활용해 볼 의도로 소리쳐 보았다. 인겸이 스스로도 힘을 내 보자는 구호겸이었다.

얍아 터진 진주고 선수들은 공을 뒤로 돌려 인겸이의 추격을 따돌렸다. 이기고 있는 팀의 여유였다. 한참 돌린 다음에야 자기 팀 공격수에게 길게 차 주었다. 그때가 가장 공을 인터셉트할 좋은 기회다. 사래고 수비수들이 진주고 공격 선수와 몸싸움을 하며 공을 헤더로 막았다. 머리에서 튕겨져 나온 공은 인겸이의 뒤쪽으로 떨어지는데 몸을 돌릴 새 없이 빨라서 트래핑하기엔 좋지 않았다. 순간 인겸이의 반사 신경은 개인 훈련 때 연습했던 대로 날아오는 공을 힐 킥했다. 공은 보기 좋게 발뒤꿈치를 맞고 머리 위로 넘겨져 정확하게 트래핑을 했다. 이미 공을 따라 인겸이의 뒤쪽으로 몸을 돌렸던 진주고 선수들까지 멋지게 따돌려졌다. 재빠르게 공을 치고 들어가는 인겸이에겐 지친 상대 선수들이 그냥 땅에 박힌 말뚝 같았다. 눈 깜짝할 사이에 수비 세 명을 헤집고 나가 골키퍼와 마주 선 상황이 되었다. 페널티 박스로 접근하는 순간 골키퍼는 각도를 잡고 튀어나오고 뒤쫓던 수비수의 거친 태클이 들어왔다. 공과 상관없는 인겸이의 다리를 향한 태클이었다. 그런 태클이 들어올 것을 예상이라도 한 것처럼 인겸이는 순간 뛰어오르며 최대한 발을 높였다. 그러나 상대의 발이 높아 살짝 걸리며 앞으로 나뒹굴었다. 다치지 않으려고 전방 낙법으로 굴러떨어진 것이다. 많이 아픈 것처럼 발목 쪽을 움켜잡고 쓰러져 몸부림을 쳤다. 사실상 인겸이의 반사 신경에 의한 낙법이 아니었다면, 큰 부상을 입을 만큼 위험하고도 고의적인 태클임엔 틀림없었다. 심판은 태클한 진주고 선수에게 붉은 카드를 내밀어 퇴장시켰다. 인겸이는 우그러뜨린 인상으로 발을 저는 척하며 자리에서 일어났다. 관중들에게 박수를 받았지만 기분은 그리 좋지 않았다. 태클을 당하지 않고 멋지게 골을 넣는 모습까지 보였어야 국가 대표 선정 위원들의 눈에 들었을 것이다. 좋은 기회를 놓친 것이 매우 아까웠다.

　페널티 박스 선에서 한 발쯤 떨어진 위치의 프리 킥이었다. 인겸이와 같이 킥 전담인 박문수가 없으니 인겸이가 차기로 했다. 주장이 인겸이와 기만이를 불러 작은 소리로 말했다.

"둔발이가 차기 전에 돼지가 차는 척 트릭해라"

인겸이의 킥이 정확하다는 것을 아는 기만이도 시키는 대로 응했다. 기만이가 공을 노려보는 순간 인겸이는 왼발의 간격과 발을 댈 공의 부분을 본 다음 골을 노려보았다. 공을 찰 듯이 뛰어들던 기만이가 옆으로 빠져나가는 순간 인겸이의 발은 이미 공을 때리고 있었다. 스크럼을 짠 상대 수비의 가장자리 선수 머리를 향해 강력하게 찬 공이었다. 그 가장자리 선수는 안으로 돌아드는 기만이를 마크하기 위해 이미 몸을 돌린 상태였으니 공을 피한 꼴이 되었다. 공은 스크럼을 지나 살짝 휘어지며 골 왼쪽 구석으로 빨려 들어갔다. 상대 골키퍼가 꼼짝 못 한 동점 골이 난 순간이었다. 사래고 팀원들이 인겸이를 꾸리 삼아 마구 감겨들어 한 뭉치가 되었다.

연장전이 되었다. 사래고의 사기가 하늘에 닿을 듯이 다시 오른 것이 좋았다. 한 명 퇴장으로 열 명이 된 진주고에 비해 시간이 흐를수록 사래고가 유리했다. 더구나 후반전에 투입된 인겸이는 연장전에선 완전히 풀려서 몸놀림이 특별히 좋았다. 연장전 중간쯤에 또 인겸이가 좋은 기회를 만들었다. 장욱이 헤딩한 공이 진주고 수비수 머리에 맞고 인겸이 쪽으로 튀었다. 공중에서 내려오는 공을 가슴으로 트래핑, 땅에 떨어지기 전에 무릎으로 치며 수비수들을 끌어들이고 토 킥으로 장욱에게 다시 올려 주었다. 전담 수비가 인겸이에게 쏠려 아무도 붙지 않는 장욱은 마음껏 떠올라 헤딩했다. 공은 강하고 빠르고 정확하게 골 왼편 아래쪽에 꽂혔다. 골키퍼가 어정쩡하니 동상처럼 몸을 움직이지 못했다. 역전승을 이룰 골이었다. 당황한 상대 팀은 한 명 부족한 상황에서도 전세를 다시 뒤집어 보려고 총공격에 나섰다. 그러나 수적 열세에 이미 많이 지친 연장전 후반이다. 인겸이처럼 교체되어 늦게 기용된 사람 몇 빼놓고는 모두 불어 터진 국수 가락이 될 지경이었다. 연장 후반도 끝날쯤에 터진 인겸이의 논스톱 발리 슛은 관중들의 기억에 충분히 남을 강슛이었다. 대포알 같은 슛은 번개처럼 쌩쌩 빠르고 반듯하게 날아가 골 크로스바를 강타했다.

"와우!!!"

골은 되지 못했지만 관중들이 소리 지를 정도였으니 기억에 남을 것이다.

인겸이는 감독이 8강전에선 자신을 선발로 기용하지 않을 수 없다고 생각했으나 오산이었다. 8강전에서도 선발된 미드필더는 오가 형제였다. 433 포메이션으로 이영찬과 함께였고 인겸이는 교체 멤버였다.

자신이 기용될 기회가 사라진 것으로 판단한 인겸이는 앉아서 응원이나 하자고 생각했다. 안 될수록 억지로 우겨 파지 말고 더 여유 있게 사태를 파악하라던 할아버지 말씀을 따르고 있다. 새삼스럽게 관중석의 관중들이 얼마나 있는지 궁금해서 자세히 살펴보았다. 대부분 듬성듬성 앉아 있다. 그때 눈에 들어오는 얼굴이 있었다. 박문수의 동생 수린이였다. 역시 친구들과 함께 스무 명도 채 안 되는 사래고교 응원단 속에 있었다. 인겸이는 수린이 앞에서 출전도 못 하고 있는 자신이 부끄러웠다. 얼른 선수들 틈에 끼어 앉았다. 경기 내용도 관중 소리도 들리지 않고 오직 수린이가 자신을 보는 것만 같아 얼른 화장실로 갔다.

　혼자 마음을 삭이려고 빈 칸으로 들어가 변기에 앉았다. 어떻게든 성공해 보려고 몸부림치는 자신의 삶을 생각하니 너무 초라하고 구슬펐다. 이럴 땐 할아버지 말씀도 떠오르지 않고 그냥 눈물만 나온다. 비가 그쳐 갈 무렵 처마에 맺힌 빗물이 뚝뚝 떨어지듯 눈물이 바닥에 떨어졌다. 옆 칸에서 들을까 봐 소리도 내지 못하고 눈물만 흘리려니 저절로 코가 훌쩍거려졌다. 빨리 눈물을 멈추려고 마음을 가라앉히려고 했다. 그럴수록 오히려 더 하염없이 눈물이 나왔다. 훌쩍거리는 소리가 너무 빨라져 큰 소리를 내며 휴지에 코를 풀어야 했다.

"화장실에 천인겸 형 있어요?"

이번에 들어온 중학생이었다.

"응 왜?"

"감독님이 빨리 나갈 준비하래요."

"알았어! 나 지금 나갈게."

후다닥 나온 인겸이는 거울에 비친 자신의 얼굴을 들여다보았다. 눈알이 빨갛고 코에 화장지가 눌어붙어 있었다. 얼른 물로 씻고 나갔다. 상황을 보니 어느 결에 게임 스코어가 1대 1이 되어 있었다. 스트레칭을 하며 들어보니 경성고가 실수로 자살골을 먹고 나서 만회 골을 터트렸다고 했다. 이기다 동점되면 지다 동점 만든 팀의 사기에 눌린다. 감독은 인겸이를 기용해서 그 사기를 높이려는 생각일 것이다. 후반 초반이 지나는 시간이니 인겸이는 연장전까지 가더라도 체력 걱정이 없게 되었다. 마음껏 뛰어보자고 오기찬과 하이 파이브 교대하며 운동장으로 나갔다.

스로인된 볼을 받아 바짝 붙은 두 명을 제치고 왼쪽 사이드라인을 따라 공을 치고 달렸다. 다시 수비수가 따라붙자 앞쪽의 장욱이에게 밀어 줄 듯이 하다가 다시 오른쪽으로 빼냈다. 수비수들의 태클이 들어오기 전에 페인트에 이은 동작이었다. 생각보다 상대 수비벽이 쉽게 흐트러졌다. 중앙으로 돌려 몰아가다 타임 빠른 슛을 했다. 4강 출전권을 잡아내는 골이었다. 천인겸이 사래고의 영웅이 되는 순간이었다. 그 순간만큼은 누가 봐도 불세출의 유망주 천인겸이었다. 수린이를 포한 여학생들을 의식한 하트 날리기 골 세레모니를 했다. 관중석에서 발광하는 여학생들이 보였다. 감독도 일어나 박수치다가 처음으로 인겸이를 포옹하고 등을 도닥였다. 이쯤이면 당연히 국가 대표에 선발될 것이다. 인겸이 최고의 날인가 싶을 정도로 기분 좋은 날이었다.

4강전은 나흘 뒤에나 있다. 더 잘해서 확실하게 눈에 띄자고 혼자 굳게 다짐했다. 잠을 충분히 자고 싶었다. 아르바이트를 소홀히 할 수 없어서 하루하루 철인이 되어 보내고 있었다.

무슨 일인지 거리에 많은 사람들의 행렬이 보였다. 무슨 구호를 외치는지 확성기 소리가 메아리처럼 울려서 뚜렷하게 들을 수 없다. 그들이 펼쳐 든 현수막 글귀를 읽어 보니 '세월호 사고 진상 규명하라!'와 '비선 실세 국정 농단 대통령 탄핵!'이었다. 농담처럼 들려왔던 대통령에 대한 이야기들이 사실이었단 말인가? 웃기려고 만든 이야기인 줄 알고 듣고도 특별나게 여기진 않았다. 더구나 축구하느라고 다른 것엔 관심을 가질 수 없었다. 관심이 없으면 이런 시사적인 정치 문제는 진실이 무엇인지 알지 못한다. 할아버지는 시위대를 나쁘게만 보지 마라 했다.

"어떤 누가 미치지 않고서야 아무 까닭도 없이 감히 권력자에게 반기를 들고 나서겠니? 더구나 한두 사람도 아니고 그런 사람들이 천지 사방 각계각층에서 모여든 군중이라면 그 이슈가 거짓일 수 있겠니? 함께 나서진 못해도 그 편을 믿어 주어야 옳겠지. 그러나 모르고 부화뇌동하기보다 진실을 알아보고 스스로 판단하는 것이 더 옳은 거란다."

할아버지의 말씀대로라면 저 시위대를 따라가 진의를 제대로 알아보고 옳은지 그른지 판단해 봐야 맞을 것이다.

지금은 오로지 훌륭한 축구 선수가 목표일 뿐, 군중들의 시위에 대한 진실을 알아볼 여유가 인겸에겐 없다. 또 어설프게 알려 하다가 시간과 체력만 낭비하며 자신을 소모할 일이 부담된다. 축구 선수로 안정만 되면 어디든 무엇이든 나설 수 있을 것이다. 지금은 그 목표를 이루려고 아르바이트하러 가는 중이다.

산골 소녀 정순덕

이북 군은 파죽지세로 이남 군을 몰아 남으로 진격했다. 이미 선발대가 낙동강까지 진격했다는 보고가 들어왔다. 지리산 유역에 흩어졌던 유격대원들도 잘 정비되고 모두 복귀했다는 소식이 들렸다. 진격하는 곳마다 승승장구 막히는 곳이 없다는 소식이다. 그런데 날이 갈수록 연합군 전투기들의 공습이 잦아지고 희생자도 늘어났다. 공습을 피하기 위해 낮엔 은신하고 밤에 공격했다. 도윤은 총알이 스쳐 목에 화상을 입는 등 죽을 고비를 여러 차례나 넘겼다.

김일성 군의 애초 계획대로라면 8월 3일 안에 부산에 입성해야 했다. 그러나 9월이 되도록 낙동강 주변에서 전투를 하며 더 나가지 못하고 있다. 시간을 끌수록 공격하는 쪽이 불리해지는 것이 전쟁이다. 겨울이 오기 전에 이 전쟁을 끝내야 된다. 하지만 이승만의 군세가 연합군의 가세로 점점 강화되니 겨울을 피하기 어려울 전망이라고 했다. 이승만과 미국의 외교력이 김일성과 소련의 외교력을 능가했는지, 미국의 영향을 받고 있는 나라들 10개국이 훨씬 넘게 참전하고 있다는 정보였다. 나중에 안 일이지만 미국을 포함해 16개국이나 참전하고 있었다. 이북 군대의 사기를 떨어뜨리는 소식이었다. 이북 군은 소련으로부터 전쟁 물자를 지원받기는 하지만 아직은 단독으로 치르는 셈이었다. 이북 군은 탱크를 앞세워서 지상전에서 유리했으나, 갈수록 연합군의 공군에 시달리고 있었다.

낙동강 유역엔 마을이든 도심이든 남아 있는 사람이 없었다. 밤엔 이북 군의 습격을 받으니 사람이 있을 리 없겠고, 낮엔 비행기 폭격이 심하니 언제 폭탄을 맞을지 몰라 집들이 텅텅 비었다.

도윤은 아버지의 원수를 갚기 위해 이북 군에 합류했으나 전쟁하는 동안 심한 갈등과 혼란을 느끼고 있었다. 이동학 선생께서는 생명을 대신할 정의란 없다 했고, 이 민족 이 강토의 안위와 평화보다 더 귀한 가치는 없다고 가르쳐 왔다. 선생의 말씀대로 생각해 보면, 적이든 아군이

든 수많은 목숨을 앗아가는 이 전쟁이 과연 무슨 가치가 있는지 의문이다. '미 제국주의의 꼭두각시 이승만 살인마 정권으로부터 이 민족을 해방시키겠다'는 김일성 군대의 명분에 그나마 마음이 끌렸다. 이승만 세력은 이미 이 전쟁의 빌미가 된 제주 4 · 3에서 수만 명의 죄 없는 민간인을 학살하고 덮어 버렸다. 그때만 해도 아버지 천장돌까지 그렇게 학살당할 줄은 꿈에도 생각 못 했다. 이승만 정권은 이 전쟁 중에도, 이동학 같은 지식인들은 정치 성향이 다르다는 이유로, 또 천장돌처럼 무고한 이들을 보도연맹원이란 죄목으로 죄의식 없이 학살했다. 또, 앞으로도 이승만 정권과 미군정의 살인은 국가 보안법으로 계속 이어질 것이다. 그런 점에서 인민 해방이란 기치가 당당히 성립되어 이북 군의 살상도 정당화 되는 것이다.

도윤이 소속된 부대는 낙동강 전선에서 비행기 폭격을 피해 골짜기에 은신하고 있었다. 이승만 군대의 잔병들이 도윤의 부대 쪽으로 내려오고 있다는 보고가 들어왔다. 그 소탕 작전을 위해 대장은 용감하고 힘 좋고 날랜 군사들을 차출해 냈다. 혹시 육탄전이라도 벌어질 것을 대비한 것이었다. 키 크고 날쌘 도윤도 그 명단에 들었다. 주어진 따발총을 분해 점검하고 탄약을 챙기고 수통과 수류탄을 매단

탄띠를 허리에 찼다. 간단한 기초 훈련만 받았던 도윤은 이제 군인이 다 된 듯이 모든 절차를 능숙하게 해냈다.

"동지! 어서 갑세다."

늘 도윤에게 친절한 감시병 황상일 소좌다. 소좌는 언제 부터인지 도윤에게만은 무조건 친절했다. 늘 곁에 붙어서 말을 붙이고 작전 내용도 설명하거나 의견을 묻기도 했다. 그 스스로에 대한 이야기를 듣기 전엔 자신을 감시하는 거로 의심을 했었다. 황상일 소좌는 독립군인 아버지를 일찍 여의고 홀어머니와 남동생 둘은 평안도 덕천 부근에서 살았다. 일제는 독립군 가족에게 배급을 타 먹을 수 있는 부역조차도 주지 않았다. 자신마저 일본 군대에 강제 징용되어 영양실조인 어린 동생과 황달병자 어머니에겐 치명적이었다. 그렇게 동생과 어머니는 굶주림 속에 방치되었다. 여름엔 초근목피로라도 연명할 수 있었겠지만 굶주림과 추위의 겨울을 넘길 방법이 없었다. 그해 겨울 어린 동생도 어머니도 사망한 것을 고향에 돌아오고서야 알았다고 한다. 징용되었던 자신은 독립군과의 전투에서 패했다. 포로로 잡혀간 그는 조선인이라서 독립군으로 편입할 수 있었다. 독립군과 함께 항일전을 하다 해방 뒤에야 돌아올 수 있었던 것이다. 도윤이 자신의 동생을 닮았고 동생과 나이도 같아 남 같지 않다고 털어놓았다. 그의 이야기를 듣고 난 뒤 도윤도 그를 형처럼 의지하게 되었다.

부대는 벌목이 심한 민둥산을 피하고 억새 같은 덤불들이 우거진 계곡 속에 매복했다. 이승만의 패잔병들은 낙동강 전선으로 무사히 내려가기 위해, 눈에 잘 띄는 넓은 곳을 피해 이 오솔길로 지나갈 것이라고 대장은 예상했다.

대장의 예상이 적중했다. 앞에서 망을 보던 병사의 수신호가 떨어졌다. 북쪽 고갯길에 움직임이 눈에 들어왔다. 모두 겨누어 총 자세로 숨죽이며 지켜보고 있었다. 흩어져서 고개를 넘어서는 무리는 서른 명인 도윤의 부대보다 인원이 적진 않을 것 같았다. 기습이 유리하긴 해도 만만찮은 전투가 될 것이기에 바짝 긴장되었다. 대장의 '쏴' 소리가 떨어지기만을 숨죽인 채 기다리고 있었다. 얼굴을 알아볼 정도로 이승만의 군대가 가까워졌을 때다. 도윤이 기겁해서 하마터면 소리를 칠 뻔했다. 이승만의 군대 속에 이주동의 삼촌 이상태와 마을에서 함께 자란 동무 몇이 눈에 들어왔다. 그 동무 중 하나가 도윤과 눈을 맞추는 것처럼 도윤 쪽을 응시했다. 가슴이 덜컥 내려앉으며 손이 부들부들 떨려서 도저히 총을 쏠 수 없었다. 모든 상황이 정지되어 멍한 찰나 총소리가 터졌다. 고막을 찢는 따발총 소리와 함께 이승만의 군대는 재빨리 흩어져 은폐하며 서로 총질을 해댔다. 비명 소리, 옆의 병사가 피투성이가 되어 뻗어버리고, 이리 기고 저리 뛰며 총을 쏴 대는 부대원 속에 도윤은 고개 숙인 채 허공에다 총을 쏘고 있었다. 도윤은 도저히 함께 자란 동무들에게 총을 쏠 수가 없었다. 그때 오른쪽 팔이 날아온 바위에 맞은 것처럼 엄청난 충격을 받아 앉은 자세에서 뒤로 쓰러졌다. 오른쪽 어깨 아래 알통 부근이 달군 쇠꼬챙이에 뚫린 것처럼 뜨겁고 아팠다. 팔이 통째로 찢어지는 것처럼 엄청난 통증이었다. 고통을 이겨 내려고 어금니를 악물며 참았다. 총알이 관통했는지 이내 뜨거운 피가 솟구쳐서 팔과 옆구리를 흠뻑 적셨다. 황상일 소좌가 보고 달려왔다. 팔 전체가 범벅되도록 피가 나와 빨리 지혈하지 않으면 과다 출혈로 죽을 것 같았다. 소좌는 자신의 호주머니에서 담뱃잎을 꺼내어 상처에 대고 속옷을 찢어 싸매 주었다. 응급 처치로 댄 담뱃잎은 더 고통스럽게 했지만 지혈에는 꽤 효과가 있었다.

전투는 기습 공격한 도윤의 부대가 승리했다. 이승만의 군대가 달아나다시피 후퇴했다. 도윤은 몹시 아프고 힘들어도 희생자를 살펴야 했다. 총상 때문인지 손가락 감각이 둔하고 팔에 힘이 없었다. 대장은 그대로 누워 있으라고 소리쳤지만 도윤은 그럴 수 없었다. 비틀거리며 일어나 시신들을 살폈다.

"크흡."

터지려는 비명을 삼켰다. 이주동의 삼촌 이상태가 머리에 총상을 입고 이미 운명해 있었고 함께 있던 마을 사람 하나도 가슴에 총상을 입고 막 운명하고 있었다. 그나마 다행인 건 도윤과 눈이 마주쳤던 사람과 그 일원들은 보이지 않았다. 이상태의 죽음을 대놓고 안타까워할 수 없는 현실이 원망되고 그 현실로부터 도망치고 싶었다. 온몸에서 기가 빠져나가며 점점 가물가물하니 정신도 혼미해져 갔다.

부대 내 의무관에게 보이니 다행히도 뼈까지 관통한 것은 아니라고 했다. 심하게 찢어진 살을 대략 꿰매어 붙이고 나니 처음보다는 통증이 조금 가라앉았다. 대장의 지혈 덕에 산 것 같아 고마웠다. 하경과 철묵이 도윤의 부상을 걱정했다. 상처 치료를 핑계로 하경과 함께할 수 있어서 그나마 좋았다.

도윤이 다치고 며칠간 전투에서 희생자가 많이 나고 전황이 좋지 않았다. 팔뚝 부상을 핑계로 편안하게만 지낼 상황이 아니었다. 다행히 손가락 감각도 정상으로 돌아왔고 팔의 힘도 거의 되찾은 느낌이다. 도윤은 스스로 작전에 나섰다. 마을 사람들을 쏠 수 없던 자신이다. 스스로 나서는 자신의 이중적인 마음이다. 아버지와 같이 억울한 죽음을 생각해선지 자신도 그 갈피를 모르겠다. 소좌도 철묵도 만류했지만 뜻을 굽히지 않았다.

이북 군은 전세가 악화되어 낮에 하는 작전은 거의 불능 상태다. 처음보다 이남 군의 전력이 많이 강화되었고 연합군의 공군 지원이 이북 군을 묶어 많이 괴롭혔다. 우선 탱크 부대를 움직일 연료 조달을 포함, 전쟁 물자 조달이 쉽지 않게 되었다. 그래도 용감하게 야간을 이용한 유격전식의 작전을 펴고 있어서 그나마 버티는 것 같았다. 전쟁물자도 야간을 틈타 운반하고 공격도 야간을 틈타서 하는 것이었다. 이북 당국에선 소련과 중국에 지원 요청을 해 놓았다고도 한다. 지금은 다소 불리하나 중국과 소련의 지원이 함께하면 양상이 완전히 바뀔 것이라고 했다.

이북 군이 불리해진 상황에서 예상을 뒤엎는 일이 벌어졌다. 조수간만의 차이 때문에 서해에서의 상륙 작전은 불가능하게 여기는 것이 작전 상식이었다. 그 상식을 깨고 맥아더가 주력 부대를 인천으로 상륙시켰다는 보고가 날아왔다. 이북 군의 비상사태였다. 졸지에 후방이 막혀 내려오던 보급품이 끊겨 버린 것이었다. 빨리 그 후방으로 빠져나가는 길만이 부대가 살길이었다. 도윤의 부대는 후퇴 명령을 받는 즉시 서둘러 이동했다. 부상당한 팔이 아직은 완쾌되지 않았으나 철수하는 부대를 따라나섰다. 물론 하경과 철묵도 함께였다.

쉴 새 없이 빠르게 북진하여 하루 반 만에 남한강에 닿았다. 잠시 골짜기 그늘에 늘어 앉아 보리와 옥수수를 생으로 씹어 요기를 했다. 산밭의 밀을 훑어 손바닥으로 비벼서 씹었다. 그해 그 밭은 헛농사를 지었다고 주인이 울 것 같았다. 설익은 대추와 밤을 따 먹다가 대열에서 낙오되어 대장에게 정강이를 차이는 병사도 있었다. 그렇게 거기까지는 무사히 이동했다. 어서 포위망을 벗어나려면 해찰할 시간 없이 걸어야 했다. 걷다가 적군을 만나면 한바탕 교전을 치르며 에둘러 가야 했고, 아군끼리 만나면 다시 갈라져야 했다. 한낮에 많은 인원이 한꺼번에 움직이면 정찰기에 발견되기 쉽고 이남 군의 공격 대상이 될 것이기 때문이다. 지친 걸음으로 남한강을 지나 백운산을 거쳐 치악산 쪽으로 이동해 골짜기에서 잠깐 눈을 붙이며 쉬고 또 행군에 행군을 거듭했다. 군화 밑창이 닳아 발가락이 보일 정도였으니 어서 새로 보급을 받아야 군인답게 싸울 수 있을 것이다. 그렇게 이틀 길을 걸어서 가평보다 북쪽에 닿았을 것으로 추측되었다. 낯선 산길은 밤을 이용하기 어렵다. 보름달이 점점 이지러지며 하현 반달로 가지만 아직은 달빛이 밤길 가기에 도움이 되었다. 낮이라 해도 잠시도 지체할 수 없는 상황이니 걷고 또 걸었다.

산악 지대치고는 비교적 널찍한 산자락을 지나고 있을 때였다. 갑자기 서쪽 산 능선을 넘어 정찰용 잠자리비행기가 나타나 머리 위를 맴돌았다. 모두 재빠르게 은신했으나 뭔가 수상했던지 좀 더 낮게 날며 한 바퀴 더 맴돌고 북쪽으로 사라졌다. 발각되지 않아 다행이라 여기며 마음을 놓고 다시 움직일 때쯤이었다. 쌕쌕이라 부르는 제트기 두 대가 나타나 서로 돌아가며 기총 난사와 포탄을 투하했다. 재빠르게 엄폐물을 찾아 자리를 잡은 이북 군 몇이 필사적으로 응사를 했지만 아무 효과가 없었다. 도윤의 옆으로 줄을 잇는 총알이 떨어져 자갈이 튀고 흙먼지가 날았다. 튀는 자갈에 옆구리를 맞았을 땐 또 총상을 입은 거라 착각할 정도로 아팠다. 아직 어깨의 상처도 완쾌되지 않았는데 또 총상을 입었다고 낙심했다. 폭음 소리, 총소리와 함께 비명 소리가 뒤섞이고 살점과 파편이 튀다가 피비린내가 진동할 즈음 비행기는 사라졌다. 사방에서 들리는 신음

하거나 울부짖는 소리에 정신을 차리고 고개를 들어 보니 아수라장이다. 대장은 별 응사도 못 하고 맥없이 당한 것 치고 그리 큰 피해는 아니라고 했다. 그러나 여섯 명이 포탄에 날아가고 세 명이 기총에 목숨을 잃었다. 걷지 못할 만큼 큰 부상자도 넷이나 되고 가벼운 부상까지 따지면 부대원의 절반에 가까웠다. 자신이 무사하다는 것을 확인한 도윤은 하경과 철묵의 안부가 걱정되었다. 각자가 맡은 임무가 달라서 떨어져 있었기 때문에 서로를 챙길 상황이 되지 못했다. 서둘러 둘을 찾아보았다.

다행히 하경은 무릎에 찰과상 정도의 상처만 나고 괜찮았고 철묵은 정강이가 꽤 아플 만큼 멍이 들어 있을 뿐 다른 곳은 이상이 없었다. 정강이는 발목 부상자를 기총으로부터 피신시키다가 돌덩이에 찧은 거라고 했다. 확인하지 않았지만 자갈에 맞은 도윤의 옆구리도 철묵의 정강이에 못지않을 것 같다. 비행기가 또 나타날 가능성이 있기에 서둘러 더 깊은 골짜기 속으로 이동했다.

부상자는 많고 식량도 얼마 남지 않은 데다 의약품도 동났다. 패잔병에 가까운 부대원들은 하루라도 빨리 퇴각하여 주력 부대의 지원을 받거나 합류해야 살 수 있다. 그러나 부상자들이 많아서 험준한 산을 타고 가려던 계획을 포기할 수밖에 없다. 어쩔 수 없이 또 이동이 어려운 부상자들과 체력이 약해 휴식이 필요한 사람들을 남기기로 했다. 주력 부대를 만나 지원을 받으면 전력을 정비하고 다시 돌아와 부상자들을 후송하자는 계획이었다. 그러나 부상자들과 함께 남아 돌보겠다는 병사가 없었다. 부대원들과 떨어진 상태로 적들과 만나면 죽은 목숨이나 다를 바 없었다. 행여 살더라도 적의 포로 신세를 면치 못할 것이다. 그것을 잘 알기 때문에 누구도 남겨지지 않으려고 애쓰는 것이었다. 도윤은 자신이 남아 부상자들과 끝까지 함께하겠다고 마음먹었다. 자신도 부상자니 더는 걸을 수 없다고 남게 해 달라고 자원했다. 황상일 소좌가 깜짝 놀란 얼굴로 도윤을 말렸으나 이미 마음을 굳힌 도윤은 번복하지 않았다.

"소좌 동지께서 나를 생각해 주시는 마음은 잘 압니다. 하지만 개인의 정 때문에 대의를 저버려선 안 됩니다. 소좌 동지께서 정 나를 위하신다면 되도록 빨리 돌아오시면 됩니다."

황상일 소좌에 대한 믿음은 확실했다. 생사를 함께하는 몇 달 동안 그와 정이 흠뻑 들었다. 황상일이 자신을 친동생만큼 소중히 여기고 있다는 것을 도윤은 느낌으로 알았다. 부상자들을 두고 가야 하는 난처한 대장과 그의 입장을 도우려는 마음이 저절로 생긴 것이다. 반대하던 황상일도 도윤의 간곡하고도 진심 어린 뜻을 저버리지 못했다. 되도록 빨리 주력 부대를 만나고 꼭 약속을 지켜서 구하러 오겠다고 다짐했다.

"저랑 얘기 좀 해요."

도윤이 남겠다는 말을 듣고 날이 어둑해지자 하경이 도윤에게 왔다. 부끄러움을 감수하고 처음으로 도윤에게 다가와 말을 걸었다. 도윤이 하경을 이끌고 조용한 곳으로 빠져나가 바위에 앉혔다. 며칠일지 모르지만 도윤도 하경과 멀어지는 점엔 안타깝다. 그러나 한번 결심한 것을 번복할 수는 없었다.

"그럼 저도 함께 있을게요."

"그건 안 돼요. 당장이라도 우릴 잡으려고 적군이 대대적으로 올라올 텐데 여기서 개죽음하고 싶어요?"

"도윤 씨는 안 그런가요?"

"나는 발 빠른 사내니 빨리 후퇴할 수 있어요. 비상시엔 결단을 내리고 북으로 갈게요. 지금은 누군가가 부상자들과 함께하는 것이 최선이라고 생각해요."

하경이 얼굴을 감싸며 주저앉았다.

"어쩜 내겐 한 마디 상의도 않고 결정할 수가 있어요?

나와 도윤 씬 아무 사이도 아니고 어떻게 되든 상관없나요?"

눈물까지 흘리며 원망하듯이 따지는 하경에게 딱히 해 줄 말이 떠오르지 않았다. 도윤은 울고 있는 하경의 어깨를 감싸 안았다. 도윤은 늘 여성 앞에선 조심스러워했다. 하경을 사랑하면서도 단 한 번 손도 제대로 잡아 보지 못했던 까닭이 그 조심성 때문이었다. 하경의 몸내는 시큼한 땀 냄새가 아니었다. 향긋하고 야릇한 냄새였다.

"지금은 우리 사이를 챙길 때가 못 되잖아요. 이 전쟁이 끝나야 마음 놓고 살 수 있지 않겠어요? 힘들고 아파도 서로 참고 이겨 냅시다. 되도록 빨리 주력 부대를 찾아 지원 부대를 보내 줘요. 그래야 우리도 빨리 다시 만날 수 있고 이 전쟁이 끝나야 마음대로 살 수 있잖아요."

도윤이 말하는 동안 하경의 표정이 언제 눈물을 보였던가 싶게 말끔해졌다. 도윤도 표정이 밝아져 하경의 얼굴을 들여다보다 자신도 모르게 튀어나왔다.

"사랑해요… 하경 씨."

도윤의 눈을 응시하던 하경의 얼굴이 발갛게 달아올랐다. 잠시 입술을 떨더니 아주 작은 소리로 말했다.

"저도요 도윤 씨."

그 모습에 도윤의 마음이 흠뻑 빠져 자신도 모르게 양팔로 하경의 허리를 안아 당겼다.

  하경과 만나는 사이에 황상일 소좌는 부상병들이 머물 만한 임시 토치카를 마련해 주었다. 비교적 아래가 잘 보이는 쪽으로 땅을 대강 파고 부드러운 흙 위에 가랑잎을 깔아 주었다. 제법 굵은 통나무를 들어다 앞에 엄폐물로 놓아주었다. 부상자들을 옮겨 주고 진지 구축을 끝냈다.

  어느덧 동산에서 하현달이 올라오고 있다. 늦가을의 밤하늘답게 구름한 점 없어서 은하수가 생생하고 별이 총총 빛난다. 다행히 반달이라도 떠오르면 가는 길은 그렇게 어둡지만은 않을 것이다. 휴식을 충분히 한 부대는 열시쯤 되어 일어나서 길을 나섰다. 빠른 걸음을 걸을 수 없는 부상자들과 그들을 돌보고 지휘할 도윤만 남긴 채였다. 도윤은 철묵과 하경과 소좌를 차례로 포옹하며 등을 밀어주었다. 안타까움에 되돌아볼 때마다 어서 가라고 손짓하며 그들을 재촉했다.

  부대와 떨어진지 사흘째다. 도윤은 몇 개의 산을 넘다가 길이 막혀 골짜기로 내려오고 있었다. 부상자들만 남은 부대에 이남 군 대부대가 몰려와 모두 전사하고 도윤만 간신히 빠져나올 수 있었다.

지도 한 장 없이 무작정 북을 향하면 되는 줄 알았으나 사흘간이나 산속을 헤매다 방향조차 잃고 말았다. 벌써 날이 저물고 있다. 초가지붕이 보였다. 화전민이 사는 집 같았다. 도윤은 일단 그곳을 살피러 낮은 포복으로 다가갔다. 골짜기라서 이미 땅거미에 덮여 어슴푸레하다. 기척도 없고 불빛도 없는 것을 보니 빈집인 것 같다. 들어가서 빈집이면 그곳에서 잠깐 눈을 붙이기로 하고 각개 전투 방법으로 다가갔다. 혹시라도 주변에 매복하거나 순찰 중인 이남 군이 있을지 몰라서였다. 집은 역시 빈집이었다. 오래전에 비었는지 방바닥에 천정의 마른 흙이 떨어져 있고 흙벽엔 그리마가 붙어 있다. 방은 부엌 쪽으로 다락도 나 있고 밖에서 보기보다 넓은 편이었다. 뒤쪽으로 낸 작은 창은 직접 닥나무를 우려서 만든 두꺼운 닥종이가 너덜거렸다. 출입하는 방문은 두꺼운 닥종이나마 여러 군데 때워 붙인 누더기였다. 그만하면 하룻밤 묵기에 괜찮은 장소였다. 다락에 솜이불을 포함 침구들도 남아 있었다. 싸온 생보리 한 줌을 입에 털어 넣고 요기한 뒤 다락에서 이불을 내려 깔았다. 날이 완전히 어둡게 될 때까지 눈을 붙이려는 생각이었다. 그때 인기척이 들렸다. 아주 미세하지만 여러 명의 발자국 소리였다. 순간 도윤은 재빠르고 조용하게 이불을 안고 다락으로 올라갔다. 다행히 생각보다 다락이 깊어 도윤의 몸이 깊숙이 들어갈 만했다. 다락문을 닫으면 소리 나니 조금 열린 상태로 이불만 보이게 하고 숨을 죽였다.

"끼이탁!"

문이 활짝 젖혀지며 총구가 먼저 방으로 들어오는 것이 이불 틈으로 보였다. 순간 숨을 최대한 작고 느리게 쉬었다. 들이밀고 보는 얼굴의 복장이 이남 군인들이다. 어두컴컴한 방안에서도 벽장 속이니 보일 리 없었다. 그러나 저들이 낌새를 차리고 벽장을 들여다보았다간 여기서 끝장이다.

"이상 무!"

먼저 들여다본 자가 단호하게 결론을 내리며 자신의 동료들에게 손짓을 하고 빠져나갔다. 이남 군인들에겐 다락문틈으로 이불이 흘러내린 것조차 빈집의 모양새로 여겼던가보다. 방문을 열어 둔 채 서둘러 이동해 갔다. 바짝 긴장했던 도윤은 큰 사선을 넘긴 것 같아 한숨을 돌렸다. 너무 긴장한 나머지 하마터면 오줌을 지릴 뻔 했다. 온몸에서 기가 모두 빠져나간 것처럼 등골이 젖고 후들거렸다. 잠시 눈을 붙이려던 생각은 십구만 리로 달아나 버렸다.

그대로 나가면 발각되기 쉬우니 그냥 앉아 날이 완전히 어두워지기를 기다렸다. 산간의 해는 거북이 타고 오르고 토끼 타고 떨어진다. 어둑발이 완전히 짙어지자 어둠을 이용해 방어선을 뚫고 나가려고 빈집을 나섰다.

갈피를 잃고 헤매던 도윤은 추위와 굶주림에 도저히 견딜 수 없어서 민가 쪽으로 내려왔다. 침입하기 좋은 집을 발견, 집 주변 숲에서 땅거미가 나오길 기다렸다.

어둑발이 제법 둘러서자 집 뒤쪽의 돌담을 넘었다. 최대한 소리를 내지 않고 살금살금 부엌 뒷문으로 몸이 들어서는 데까지 성공했다.

"누간데 입새로 들오잖고 다물캥일 넘구 기래나?"

갑작스러운 소리에 화들짝 놀란 도윤은 그 자리에 꼼짝 못 하고 섰다. 눈을 둥그렇게 뜨고 소리 난 쪽을 보았다. 방과 부엌을 잇는 쪽문이 이미 열려 있다. 방 안 어둠 속에서 우람한 체구의 한 사람이 희뿌옇게 앉아 있었다. 머리를 고정하고 허공만 응시하고 있는 자세는 괴기스럽다. 너무 놀라서 머리카락들이 모두 일어서고 등골이 오싹했지만 놀란 내색하지 않았다.

"우리 아는 올창묵 먹으러 건널 갔써. 사우 될랜 사내가 그래 숨고 댕기갖고 되갔어?"

목소리는 맑고 또랑또랑한 말씨라서 사투리가 섞였지만 대부분 알아들을 수 있다. 사위 되려고 몰래 넘어온 동네 총각인 줄 알고 있다. 도윤은 그가 눈이 안 보이는 사람임을 직감적으로 알았다. 어둠 속에서도 한 곳만 응시하듯 머리를 고정하고 있다. 시각 대신 촉각과 청각이 예민하게 감지하기 때문에 미세한 소리까지 다 듣고 있는 것 같다. 도윤은 솔직하게 말했다.

"사위 되려는 사람이 아니고 너무 배고파서 먹을 것 좀 구하려고 왔어요. 산속에서 사흘이나 굶었더니 너무 배가 고파서요. 용서해 주세요."

이야기를 하며 앞쪽으로 부엌을 나가 앞마루에 걸터앉았다. 마루가 그리 넓지 않아서 앉은 자리가 바로 방문에 다가앉은 자세가 되었다.

"여게 사람 아니래요? 난 여게 애덜로 알고 말 놨고만요."

"당연해요. 저 어리니 말씀 놓으세요. 더구나 밥 훔쳐 먹으려고 온 도둑놈인데요."

"이 난리통이 밥 점 휘비먹는다구 뭔 도둑이래요? 아깨부터 삽적거리를 왔딸 갔딸 하더만 많이 허출하갔어래."

"예? 어떻게 아셨어요? 제가 왔다 간 걸?"

눈도 안 보이는 이가 숨어서 조심조심 다닌 자신을 어찌 알아차렸는지 놀라웠다.

"우트 알갔어? 사방이래 알코주는 기 많아서 알지. 날짐생 날구 까치덜 요란떨맨 노박 뉘기 발짝 소리 난디. 춘데 들우고 문 다디오."

처음 만나고 얼굴도 모르는 사람을 방으로 들이는 것을 보니 많이 고독한 이라는 생각이 들었다. 그러잖아도 굶주림 다음으로 힘든 것이 추위였다. 못 이기는 척하고 방으로 들고 문을 닫았다. 부엌 쪽 쪽문도 이미 닫은 상태였다. 흙벽으로 이룬 것인지 방 안이 온화했다. 그때서야 지금까지 메고 있던 총대를 내려 방 윗목 구석에 세워 두고 앉았다.

"여 같은 산고라댕인 때꺼리랜 감재뿐이래서. 내래 먹댄 감재가 여겐데 먹겠소?"

한쪽으로 밀어 두었던 숭늉 대접과 함께 하얀 대접을 내밀었다. 대접엔 삶은 감자가 두 개 반이나 들어 있었다. 주인은 종일 혼자인 만큼 사람을 목말라 하는 것이다. 낯선 사람인 도윤을 얼른 보내고 싶을 텐데 마치 오래 알던 사람에게 하듯이 보내려고 하지 않는다.

"잘 먹겠습니다."

도윤은 숭늉 한 모금 마시고 감자를 껍질째 허겁지겁 게 눈 감추듯 먹어치웠다.

"많이 허출했구만 우리 예시가 와야 국시라도 끼래 낼 긴데 저냑이나 돼야 들올 모냉이니 허출해도 지둘르소."

저녁이나 되어야 들어온다니? 이미 어두워진 밤인 걸 모르는 것 같다. 이야기를 나누다 보니 처음 들어올 때보 다 어둠이 가시고 잘 보인다. 마음 씀이나 말씨 내용으로 볼 때 주인은 도윤의 아버지 나이쯤으로 짐작되었다.

"산속에서 방향을 잃고 며칠을 헤맸더니 어디가 어디인 지 모르겠어요. 여기가 어딘가요?"

"여게? 여겐 양구 덕궁리래."

삼팔선을 넘은 것 같은데 왜 이북 군이 보이지 않고 이 남 군 천지인가? 생각보다 이북 군이 훨씬 더 불리해서 많 이 후퇴했단 말인가? 도윤은 고립된 것 같아 두려웠다.

"그럼 삼팔선 너머 북인가유?"

"여겐 삼팔썬 니북… 니북이나마나 닌민군은 매련 읎이 밀려갔다 하더와, 우터다 남게졌서?"

주인은 이야기를 나눌수록 도윤을 놀라게 했다. 자신이 인민군 잔병인 줄 이미 알고 있어서 어떻게 남게 되었냐고 묻는 말이었다. 인민군인 것은 인정하더라도 나머지는 일

일이 설명할 수도 해 줄 필요도 없었다.

"어쩌다 이렇게 됐어요."

도윤은 좌절했다. 이렇게 이북 군이 쉽게 후퇴할 줄 알았다면 어차피 부상병들 다 죽게 만드는 것 그때 따라 올라가거나, 부상병들과 함께 사내답게 최후의 일전을 치르고 말 것을 이게 무슨 꼴인가 싶고 몹시 후회되었다. 계속 북으로 올라가야 할지 그냥 고향으로 돌아가서 기다려야 할지 판단이 어렵다. 북으로 올라가려면 이남 군의 경계를 벗어나서 이북 군을 찾을 때까지 교전 지역을 헤맬 수밖에 없다. 살기 위해 가는 것보단 죽으러 가는 것이나 다르지 않다. 고향으로 돌아가기에도 그리 쉽지 않은 여정이다. 전쟁 중이 아니라 해도 이미 겨울 냉기가 천지를 깔고 앉았으니 곰도 겨울잠에 들 시기다. 그 추위 속에서 이 전쟁 통에 굶주리며 수백 리 길을 걸어가기란 역시 목숨을 내놓은 여정이 될 것이다. 지금 그렇게 오도 가도 못하는 신세가 되고 만 것이다. 염치없지만 이 집에서 새벽까지 신세를 져야 될 것 같다. 기온이 많이 내려가서 날이 어두워졌음을 느꼈는지 주인은 등잔불을 켰다. 부싯돌로 불붙이는 솜씨가 눈이 멀쩡한 사람보다 능숙하다. 아까 말한 딸 말고 다른 가족은 없는지 궁금했지만 전쟁 통에 아픈 상처가 있을까 묻지 않았다.

건넛마을에 갔다는 주인 딸이 돌아오는지 싸리문 쪽에서 인기척이 들렸다.

"따님 오시나 봐요."

도윤이 중얼거리며 방문을 조심스럽게 열어 보았다. 사립문 안으로 단발머리 소녀가 뚜껑 닫힌 큰 뚝배기를 쟁반에 받쳐 들고 조심조심 들어오고 있었다. 반쯤 열려 있는 문을 밀지 않고 조용히 비켜서 들어왔다. 땅에 닿을 듯 긴 검정색 무명 치마에 회색 저고리를 입고 그 위에, 길이가 엉덩이를 덮는 반두루마기를 걸친 정겨운 산골 아낙의 모습이었다. 흰 카라를 단 청색 반두루마기는 어느 학교 교복처럼 보이기도 했다. 소녀는 열서너 살은 넘을 듯 귀엽게 보이는 과년한 아가씨였다. 해방 전 같으면 정신대를 보내지 않기 위해 서둘러 시집을 보내야 했을 연령이다.

"아바지!"

방문에서 내다보는 낯선 패잔병 행색의 도윤을 보고 놀라 당황한 소녀는 자기 아버지부터 불렀다. 도윤은 얼른 일어서서 옆으로 비켜섰다.

"올창묵은 잘 묵어써?"

아버지의 대답으로 무사함을 확인한 소녀는 안심한 듯

목소리가 부드럽고 작아졌다. 들고 온 질그릇을 방 안에 놓으며 대답했다.

"많이 먹고, 아버지 디리라 탕깨에 당과 주길래 가저왔사, 이분은 누기오?"

도윤의 존재가 궁금하기도 하고 얻어 온 국수를 아버지께만 차려 주려니 거슬렸던가 보다.

"손이지 누갔니, 아재나 오라비래니 하기래. 허출할까니 올챙묵 채레 오너."

도윤의 귀엔 다른 이야긴 들리지 않았다. 오직 올챙이묵 차려 오라는 것밖에는, 얻은 음식이 얼마나 된다고 같이 먹겠다니 선천적으로 품 넓고도 선한 사람이라는 것을 알았다. 도윤은 그 말 한 마디만으로도 큰 은혜를 입은 듯이 고마웠다. 잠시 후 부엌 쪽으로 난 쪽문이 열렸다. 소녀가 누르스름하게 퇴색한 개다리소반에 두 사람 몫의 식기와 백김치를 얹어서 들여 왔다. 질그릇에 넉넉히 담아 온 국수는 장정 혼자 먹기엔 많지만 둘이 먹고 나면 둘 다 더 먹고 싶어 할 만큼뿐이다. 소녀는 말없이 올챙이국수를 두 사기 대접에 나누어 담아서 상에 올려 주었다.

"어야 드시요."

"잘 먹겠습니다."

여성 때문에 긴장했는지 표준말이 되어 나왔다. 주인과 소녀가 먹을 몫인데 도윤이 빼앗아 먹게 되어 미안했다. 도윤은 국수를 떠먹는 것이 아니라 들이마시듯 했다. 순가락을 든 지 불과 1분도 안 되어 대접 바닥을 긁는 소리를 냈다. 더 있다면 한 그릇 더 먹고도 양이 차지 않을 만큼 배가 고프다.

"순덕아! 감저나 삶으래."

주인은 마치 도윤의 속마음을 읽고 있는 것 같다. 고구마를 삶아 부족한 양을 채워 주려는 뜻이었다. 순덕이란 소녀는 못마땅해서 도윤을 빤히 쳐다보다가 부엌 쪽문으로 나갔다. 도윤이 따라 나가자 흠칫 놀라며 다시 쳐다본다. 부엌 등잔 빛에 그의 눈동자가 총명하게 빛났다.

"제가 고구마 씻고 불 때는 것 도울 게요. 너무 염치없고 미안해서 그래요."

미안해서 쩔쩔매는 도윤에게 입 닫으라는 듯이 순덕은 검지를 입에 대며 사방을 둘러 살피듯 했다. 도윤이 무슨 일인가 싶어 놀라고도 멍청한 얼굴로 그를 따라 주변을 살폈다. 칠흑 같은 밤에 주변이 보일 리 없다. 그 모습이 웃겼던지 순덕이 '흡' 소리를 내며 입을 가렸다가 속삭이듯이 말했다.

"시방 여겐 국군지라서 누기도 알맨 클나요."

"으힉! 그렀네유. 아랐슈. 조용."

놀라는 표정으로 목을 빼며 충청도 말로 속삭이자, 익살스럽게 보였던지 순덕이 웃음을 지으며 광에서 고구마를 내왔다. 소녀는 어둠 속을 빠리빠리하게 잘도 움직인다. 도윤은 자신이 잠시 현실을 잊고 긴장이 풀려 있었다는 것을 깨달았다. 어느새 따듯한 집 분위기에 녹아들었던 것 같다. 다시 긴장을 추슬러 질긴 정신으로 칭칭 동여맸다.

도윤이 순덕이 꺼내 온 고구마를 어둠 속에서 보이지 않아 한참 동안 씻었다. 샘은 물이 계속 솟아나는지 도랑물처럼 쫄쫄 소리가 끊이지 않는다. 앉아서 무엇을 씻는 데는 물이 충분해서 좋았다. 낮보다 기온이 많이 떨어지고도 찬 샘물인데 생각보다 손이 많이 시리진 않았다.

다 씻은 고구마를 순덕이 가마솥에 안치고 도윤이 아궁이에 불을 지폈다.

"제 이름은 천도윤인데요. 순덕 씨 성씨는 어떻게 되나요?"

통성명이라도 제대로 해야겠기에 물었다.

"정가요. 안동이요."

"다른 가족 분은 더 없으신가요?"

참았던 궁금증이 부풀어 기어코 물었다. 순덕은 입을 닫은 채 뚱한 표정을 지었다. '괜한 것을 물었구나' 하고 생각하는데 불쑥 말했다.

"어머인 나 낳고 얼마 시상 뜨셨어요. 아재비랑 오라비가 있섭지요. 마커 군대가 아재빈 국방군이고 오빤 닌민군이었사요. 아재빈 소식 얼고 오라빈 전사하셨구만요."

이 집도 이번 전쟁 통에 엄청난 아픔을 겪고 있다. 매일 통곡이 그치지 않을 집인데도 아무렇지도 않은 듯이 평온하다. 어찌 동생과 아들을 잃은 주인이나 삼촌과 오빠를 잃은 순덕의 마음이 아무렇지도 않을 손가? 갑자기 도윤은 등골에 전율이 오며 숙연해졌다. 순덕과 주인은 자칫하면 터져 나올 울음을 눌러 참고 있을 것이다. 특히 노부는 한번 터지면 걷잡을 수 없고, 감당이 두려워 아예 잊으려고 애쓰는 중일 것이다. 부녀가 한없이 측은했다.

"미안해요. 괜한 걸 여쭈었어요."

"머이요? 이 난리 통서 일 얼는 집이 있갔시요? 여 오랍드리도 숱해요."

그 아들과 동생을 생각해서 생면부지의 자신을 맞아 주고 있다는 것도 도윤은 이제야 깨달았다. 순덕 또한 아버지의 마음을 알고 묵언으로 받아들이고 있었다.

아궁이에 불이 괄 때 순덕이 뒤꼍에서 손짓으로 불렀다. 장작 두어 개를 얹혀 둔 다음 뒤꼍으로 나갔다. 불 앞에서 어둠 속으로 나가니 발밑이 아무것도 보이지 않아 허둥거렸다. 윗방 뒤쪽 희미한 빛에 순덕이 보이는 곳으로 허둥허둥 다가갔다. 순덕은 뒤쪽으로 좁게 낸 골방의 문을 열어 놓고 있었다. 희미한 작은 등잔불 빛은 좁은 골방을 밝히는 데 충분했다. 방 안 한쪽엔 깔끔한 침구들이 얌전하게 놓여 있다. 곁에 허름하고 누르스름하게 빛바랜 흰색 한복 한 벌도 함께 놓여 있었다.

"우티 갈아입소."

조용히 속삭이듯 말하고 자신은 부엌으로 가 버렸다. 도윤은 순덕이 고마웠다. 얼른 군복을 벗고 갈아입었다. 먼 곳에서 보면 주인인줄 알 것이다. 안방 윗목에 세워 둔 총은 골방에 갖다 군복으로 덮어 놓았다. 서둘러 등잔불을 끄고 다시 부엌으로 갔다.

"여겐 두시고 잘 방 불 때시요. 거 아궁이 솥 물 부아 놨시요."

도윤이 잘 골방 아궁이에 불을 때라는 말이었다. 늦가을의 산간 날씨를 생각하면 당연히 불을 지펴야 할 것이다. 그렇지만 한데서도 며칠 밤을 보낸 도윤은 또 얼마나 어떤 잠자리를 만날지 알 수 없다. 좋은 잠자리에 익숙하면 야숙할 땐 견디지 못할 것이다. 또한 전쟁 통에 지붕과 벽으로 가려진 아궁이에 불 때기도 위험한데, 가림막 없이 노출된 한데 아궁이에 불 때기는 더 위험하다.

"지금 불 지피다 비행기라도 뜨면 위험해요 난 그냥 잘게요."

이 집 형편을 보니 식량도 땔감도 모두 순덕이 해결하는데 더 폐 끼치면 안 될 것이다.

"춥서 잘 수 없어래."

순덕은 막무가내 장작을 내어 주었다. 도윤은 장작을 골방 아궁이로 옮기고 앉아서 불을 지피는 척 했다. 아궁이 속에서 불이 괄지 않게 땔감을 조금씩만 넣었다. 작은 가마솥이 땀을 흘리기 시작하자 아궁이를 닫고 부엌으로 갔다. 마침 고구마가 다 익어 순덕이 소댕을 열어 놓고 있었다. 고구마 익은 냄새가 침샘을 헤집고 혀를 뒤집으려고 한다. 솥에서 김이 올라와 아무 것도 보이지 않는데 순덕은 잘도 고구마를 끄집어냈다. 옆에서 침 삼키는 도윤에게 소쿠리에 고구마를 담던 순덕이 하나를 건넸다. 얼른 받았는데 너무 뜨거워서 하마터면 놓칠 뻔했다. 손바닥에 굴리며 식히려고 불어 대는데 바람보다 침이 더 튀어나온다.

참지 못하고 반쯤 베어 물자 이와 혀가 뜨거워 입안에 굴리며 입김을 길게 불어 식혔다. 불었다 마셨다 대강 굴리며 식히다가 더 참지 못하고 그냥 꿀꺽 삼켰다. 불덩이 같은 고구마는 식도부터 위장까지 뜨겁게 지지며 내려갔다. 눈물이 찔끔 솟았다. 그러면서도 남은 고구마를 손바닥에서 굴려 댔다.

공포의 표적 테러

　작업반장은 오늘도 일하는 지게차 주변에서 감독처럼 서 있다. 사실 늘 그렇게 자신은 일하지도 않으면서 이리 저리 왔다 갔다 잔소리만 해 댄다. 인겸이가 제 5공장 쪽으로 다닌 지 한 달이 넘었다. 어저께서야 작업반장이 오기만 형제의 고모부인 것을 알았다. 오기만 형제가 이주동 회장 조카딸의 아들이라 했으니, 쌍둥이 아버지에게 고모는 여형제고 그의 남편이면 매제다. 즉 회장에겐 조카사위의 매제니 먼 사돈이었다. 박문수가 나타나지 않았을 땐 오가 형제가 이주동 회장의 손자나 다름없었다. 작업반장을 조카딸의 가족처럼 여겼을 것이다. 이 회장은 그에게 총무과 일을 맡겼으나 능력이 안 되어 차츰차츰 작업반장까지 내려왔다고 한다. 그래서인지 오만하면서도 신경질적이다. 인겸이 같은 비정규직 알바들은 그 신경질의 밥이었다. 인겸이도 처음엔 오기로 버티느라 스트레스를 받았다. 갈수록 여유를 갖고 자신의 정신을 닦아 가는 인생 공부로 여기며 일하고 있다.

"야! 천인겸! 이리 와 여기 좀 잘 정리해!"

그 작업반장의 명령이다. 얼른 다가갔다. 높이 쌓였던 물건 박스들 한쪽이 나가고 빈 곳에 방습용 겸 지게차용 파레트를 깔아 놓으라는 말이었다. 생산 물건이 들어오는 대로 지게차가 떠올리기 좋게 파레트 위에 쌓아 놓는다. 인겸이는 한쪽 구석에 아무렇게나 쌓여 있는 나무 파레트로 다가가 하나를 집어 들었다. 밖에 쌓아놓았다가 빗물에 젖어서인지 파레트 무게가 혼자 들어 옮기기엔 벅차다. 플라스틱 파레트는 물에 젖지 않아 좋은데 나무보다 약한 건지 비싼 건지 이 공장에선 별로 없다. 낑낑대며 하나씩 끌어다가 반듯반듯하게 깔았다. 바로 곁에 남은 물건 박스들의 높이가 너무 높아 본능적으로 불안했다. 한 3, 4층 높이는 될 만한 그 높이만으로도 공포를 느끼기에 충분하다. 더구나 박스들이 반듯하게 쌓인 상태가 아닌지 조금 전에 흔들린 것 같다. 그 쌓인 박스들 반대편에서 작업 중인 지게차 소리가 들렸다. 인겸이는 얼른 파레트 갈아 놓는 일을 마치자고 생각하며 쉬지 않고 몸을 움직였다. 마지막 파레트를 놓고 줄을 맞추느라고 삐딱한 파레트를 반듯하게 잡아 놓고 있을 때였다.

"앗! 아이크크."

인겸이가 갑자기 몸을 옆으로 돌며 텀블링을 해 댐과 함께였다.

"쿠당탕탕 퉁탕."

"스톱! 위험해!"

높이 쌓였던 박스 한 줄이 무너져 내렸다. 인겸이의 머리 위로 떨어졌으나 옆으로 굴러 피하는 바람에 다친 곳이 없었다. 축구로 다져진 동물적인 반사 신경에 의한 재빠른 동작이었다. 만약 머리에 맞았다면 뇌진탕으로 즉사할 수도 있는 상황이었다. 등골이 오싹했다. 지게차의 잘못으로 인정됐지만 석연찮은 느낌은 무엇일까? 인겸이가 무사함을 보고도 애매했던 작업반장의 표정이 인겸이에겐 의문을 주고 있다. 또 늘 15년 넘게 이곳에서 이 일을 해 온 지게차 기사다. 초보 때도 안 낸 사고를 베테랑이 냈다는 것도 이상했다.

"천인겸이 무사하니 문제 삼지 말고 덮어, 만약 이 일에 대해 왈가왈부해서 말썽 나게 하면 그가 누구든 회사 그만

둘 각오도 함께해야 할 거야."

　말썽이 되면 누군가 징계를 받거나 책임을 져야 할 것이다. 인겸이도 그리 되길 원치 않아서 작업반장이 아니더라도 묵인하기로 했을 것이다. 그 일로 바짝 긴장이 되어 작업하는 내내 모든 신경이 곤두섰다. 근무 시간이 한 시간도 더 남았는데 작업반장이 인겸이를 불렀다.

　"오늘 좀 놀랬으니 일찍 들어가라."

　작업반장이 인심 쓰듯이 인겸이를 보내 주었다. 어쨌든 고마운 배려라고 생각했다. 일찍 가서 일기나 읽으려니 좋았다.

　제품 박스 붕괴 사고로 인해 파손된 제품 값만도 꽤 될 것이다. 그에 대한 책임이 꽤 부담될 텐데 작업반장과 지게차 기사는 전혀 걱정 안 하는 눈치였다. 겨우 아홉 시도 채 안 된 시간이다. 전철역으로 가기 전에 휴대폰 가게에 들렀다. 알바비로 사려니 몹시 부담되었지만 그동안 전화가 기본인 도시에서 전화 없이 살아 보려니 불편한 것이 한둘이 아니다. 어떤 땐 휴대폰이 없어서 돈도 훨씬 더 드는 것을 느꼈다. 또 간혹 필요할 땐 장욱이나 오제 것을 빌려 사용했지만, 혼자만 알고 싶은 일도 그들과 공유하게 되어 난감할 때가 많았다. 인터넷으로 검색해 보니 26~

28만 원대, 28~32만 원대, 32~44만 원대, 44~50만 원대, 50~60만 원대, 80~100만 원대가 있었다. 왜 가격 차이가 나는지? 사용자에게 필요치 않은 기능도 가격이나 요금에 영향을 주는지? 사용자에게 꼭 필요한 기능만 있는 것은 없는지? 요금을 산정할 때 투명한지? 부당한 요금 징수를 하거나 중간에서 도용하는 일은 없는지? 도대체 제대로 확신할 수 있는 점이 하나도 없어서 망설여졌다. 인겸이는 그만큼 자신이 휴대폰에 대해 무지하기 때문이리라 생각했다. 판매원이 성심껏 설명하지만 자꾸 60만 원짜리를 강권하는 태도가 믿을 수 없었다. 판매원은 인겸이를 의심이 많다고 비웃을 것이다. 휴대폰이 나날이 변화하고 그 사용 범위도 무한으로 넓혀지고 있어서, 일일이 확인하기에도 한계가 있다. 즉, 요금 등을 제대로 산정하는지 알 수 없는 것이다. 망설이던 끝에 한 번 더 생각해 보고 오겠노라고 말하고 그냥 나왔다. 먼저 사용하고 있는 오제나 장욱과 상의해 보기로 했다. 판매원의 눈총이 뒤통수에 꽂혀서 따가웠다.

전철역 쪽으로 가는데 느낌이 이상했다. 공장에서부터 누군가 인겸이를 계속 따라오거나 감시하는 것 같았다. 발걸음을 빨리 하다가 모퉁이 도는 순간 후다닥 뛰어 골목으로 몸을 감추고 온 곳을 지켜보았다. 세워진 오토바이 한 대만 보였다. 한참 기다려도 아무도 나타나지 않았다. 자신이 너무 긴장한 것인가 싶어 혼자 계면쩍어 웃었다. 그대로 나와 마음 놓고 걸었다. 전철역 가까이에 양쪽으로 약간 둔덕지게 공원이 조성된 길을 지나고 있다. 밤엔 주변보다는 조금 어둡지만 다니는 데는 전혀 불편이 없는 길이다. 길 폭도 차 두 대가 비켜 갈 수 있을 정도로 넉넉하다. 바닥엔 세 가지 색의 둥글이 점토 블록이 예쁘게 깔렸다. 인겸이가 혼자 지나다닐 때마다 마음이 편하고 즐거워지는 길이다. 낮엔 사람들이 많이 다니지만 밤 아홉 시가 넘으면 지나다니는 사람들이 드물어진다. 행인이 없어도 가로등이 있고 위험할 정도로 외진 길도 아니다. 양쪽에 조성된 소나무들로부터 풍겨 오는 피톤치드에 기분이 상쾌해진다. 콧노래라도 나오려는 기분이었다.

갑자기 뒤쪽에서 오토바이 소리가 요란하게 다가왔다. 그 요란한 소리가 아주 빠르게 자신을 덮치고 있다는 것을 직감한 인겸이는 번개처럼 옆으로 두 바퀴 돌았다. 오토바이가 인겸이의 발과 어깨로부터 불과 손바닥 두께도 안 되게 스쳐 갔다. 축구로 다져진 민첩성과 반사 동작이 뒤에서 덮쳐드는 육중한 오토바이를 피할 수 있었다. 만약 그

속력에 부딪쳤다면 큰 부상을 입었을 것이다. 오토바이는 20여 미터쯤 앞에서 급히 되돌아서서 인겸이를 바라보고 있다. 가로등 불빛에 보이는 자는 검은 안경에 헬멧과 마스크로 가려서 도저히 누구인지 알 수 없다. 밝게 켠 오토바이 라이트도 그를 알아볼 수 없게 하는 데 한몫을 했다. 인겸이보다 키가 클 것 같고 어깨도 꽤 넓어 운동 좀 했을 것 같은 자였다. 고의적으로 해코지하려는 그에게 그냥 당할 수만은 없어서 잡으려고 쫓아갔다. 도망칠 줄 알았던 그자는 오토바이의 액셀을 최대한 높이며 인겸이에게로 돌진했다. 순간 위험을 느낀 인겸이는 축구에서처럼 왼쪽으로 튈 듯 페인트하며 오른쪽으로 뛰어올랐다. 그 페인트에 속아 이미 왼쪽으로 돌리던 오토바이가 떠 있는 인겸이 옆으로 스치는 순간이었다. 날아오는 공을 발리킥 하듯이 인겸이는 힘차게 외발의 아웃사이드로 그자의 머리통이 들어 있는 헬멧을 강타했다. 타이밍과 각도 모두 정확했다.

"콰당탕탁!"

인겸이의 몸이 튕겨나 오른쪽 공원 둔덕으로 떨어져 나뒹굴었다. 발목과 팔꿈치와 어깨가 땅에 구르며 꽤 아팠지만 뼈가 부러진 것 같진 않았다. 간신히 끙끙거리며 일어나 다시 오토바이 쪽으로 쫓아 나갔다. 오토바이만 남고 사람은 보이지 않았다. 사람이 어디로 떨어졌는지 둘러보니, 그는 이미 공원을 벗어나 오른쪽 어깨를 왼손으로 감싼 채 절름거리며 도망치는 뒷모습이 보였다. 오토바이가 남았으니 신고하면 잡을 수 있을 것이라 생각하고 쫓아가지 않았다. 주인에게 버림받은 오토바이는, 그때까지도 엔진이 살아서 뒷바퀴를 돌리며 라이트를 켠 채 꿍꿍거리고 있었다. 휴대폰이 없는 인겸이는 지나가는 사람에게 신고를 부탁했다. 이내 순찰차가 나타나 현장을 흰색 스프레이로 표시해 두고 사진을 찍은 다음 인겸이를 파출소로 데려갔다. 인겸이를 의도적으로 해치려 했다는 진술에 따라 일반 교통사고가 아닌 형사 사건이 되었다. 자동적으로 사건 담당 부서도 파출소의 도로교통계에서 본서의 형사과로 넘어갔다. 본서로 따라간 인겸이는 담당 형사가 묻는 몇 가지에 성실히 대답하고 경찰서를 나왔다.

경찰서를 나오며 생각해 보니 운이 엄청 좋은 날이었다. 수십 킬로그램의 물건 박스가 무너져 내리는 상황에서도 다치지 않았고, 또 자신을 고의적으로 뒤에서 받으려던 오토바이를 무사히 피했으니, 오늘보다 더 운수 좋은 날이 또 있을까? 오토바이를 몬 자가 누군지, 왜 고의적으로 자신을 해치려하는지 궁금했다. 경찰이 범인을 꼭 잡아 그 원인을 밝혀내야 인겸이의 신병도 안전할 수 있을 것이다. 운수는 좋으나 마음은 씁쓸하고 몹시 외로웠다. 할아버지가 간절히 생각나는 밤이다.

아침에 경찰서에 들렀더니 이미 범인을 찾았다고 했다. 그러나 그가 어디 살고 뭐하는 누구인지는 아직 말해 줄 수 없다고 했다. 범인은 오토바이와 함께 넘어지면서 무릎을 다쳤고, 오른쪽 어깨 쇄골이 부러지는 중상을 입어 병원에 입원했다고 했다. 인겸이는 범인이 왜 자기를 해치려고 했는지 궁금했다. 경찰에서 조사해 보겠다고는 했지만 제대로 밝혀낼지 알 수 없었다. 경찰은 개인 정보라고 그가 어느 병원에 있는지도 말해 주지 않았다. 이런 사정을 들은 오제와 장욱이 범인을 직접 찾아내자고 의기 좋게 나섰다. 우선 사건 장소에서 가장 가까운 외과 병원을 알아보기로 했다. 스마트폰으로 병원 위치와 주소를 알아낸 오제가 병원에 전화를 걸었다.

"여보세유? 미인도 성형외과쥬? 저기…."

전화를 거는 오제를 보다가 장욱이 급히 전화기를 뺏어 끊으며 소리쳤다.

"야! 성형외과를 왜 찾냐? 무식하긴? 쯧쯧쯧."

전화기를 빼앗긴 오제는 전화기를 들었던 자세 그대로 멍하니 장욱을 올려다보다 물었다.

"외과 아니간?"

"외과라두 다 똑같은 게 아녀! 정형, 신경, 성형, 흉부, 등 분야별루 다 달른 겨."

"잉 그리기, 그럼 그늠은 무슨 외과루 입원헌거? 한 신경 쓰느라구 신경외괄까?"

인겸이는 눈을 끔벅대며 입가에 머금은 웃음기를 보고서야 오제가 장난치는 것을 알았다.

"쇄골이 나갔으면 정형외과겠지. 다시 검색해 봐."

"하하하 장욱이가 오제를 잘 모르는구나."

인겸이가 크게 웃으며 말하자 장욱도 장난임을 알고 오제의 목을 조르는 시늉을 했다. 같이 웃었다. 장욱과 오제는 이내 스마트폰에다 얼굴을 박았다. 오래 걸리지 않아 한 정형외과를 찾아냈다. 이번엔 장욱이 전화를 했다.

"튼튼 정형외과쥬?… 말씀 즘 여쭐라구유… 엊저녁이 다쳐서 입원헌 늠 있쥬?… 예?… 이름은 물르구유… 젊은 늠이구 어깨 다쳤다던디유."

인겸이는 답답해서 전화기를 빼앗으며 한숨을 쉬었다.

"그리 욕하며 물으면 누가 가르쳐 주나? 환자 안전 때문에라도 알아도 모른다하지."

"도망친 범인이니께 욕허지."

"병원에서 범인은커녕 사건이나 알겠니? 다 그만두고 병원 위치나 알아봐."

장욱이 다시 전화하려고 버튼을 누르려 하자 인겸이가 전화를 빼앗았다. 그리고 인터넷으로 지도를 검색했다. 지도가 뜨자 튼튼 정형외과를 검색했다. 병원 위치가 주소와 함께 떴다. 스마트폰이 없는 인겸이가 더 능숙하다. 그때부터 오제와 장욱은 입을 닫아 버렸다.

병원에 닿자 장욱과 오제는 지켜보고 인겸이 알아보려고 나섰다.

"엊저녁에 우리 또래가 쇄골 골절로 이 병원에 왔다는데 그 환자 입원실이 몇 호지요?"

병원 카운터에 있는 간호사들에게 정중히 묻는 인겸이였다. 한 간호사가 친절한 미소를 지으며 일어나서 되물었다.

"환자 이름이 어떻게 되는데요?"

"제가 사고를 낸 당사자일 뿐 서로 모르는 사이에요."

"아! 그 환자 분 조금 전에 경찰이 병원 옮긴다고 데려갔어요. 경찰서로 가 보세요."

곁에서 듣고 있던 다른 간호사가 대답해 주었다. 경찰에게 맡겨 놓을 수밖에 없게 되었다. 인겸이는 담당 형사를 만나보기라도 하려고 장욱과 오제를 먼저 들여보내고 경찰서로 향했다.

담당 형사는 웃으며 체머리를 흔들었다.

"그 애는 너를 해코지 하려고 한 적 없다던데?"

"예에? 무슨 말도 안 되는 거짓말을, 내 뒤에서 오토바이로 덮치고도 실패하자 다시 정면에서 덮쳐 오다 그렇게 된 거라고요."

"절대 아니라며 오히려 너 때문에 사고 났다고 손해 배상 청구한단다."

"그 자식 어디 있어요? 만나게 해 주세요."

"만나서 어쩌게? 때려 주기라도 하게? 그랬단 넌 정말 폭력 죄까지 뒤집어 쓴다. 내게 맡겨 두고 기다려 봐. 현장을 살펴보니 천인겸 학생이 쓰러진 방향도 그렇고 오토바이 위치와 상태가 그렇고, 다친 몸으로 황급히 자리를 도망치듯 뜬 것도 그렇고, 천인겸 학생은 자리를 뜨지 않고 신고까지 한 것도 그렇고, 모든 정황이 천인겸 학생 진술이 맞아떨어지기도 하고, 직감적으로 그 자가 악질이라는 것이 느껴지고, 학생을 왜 해코지하려고 했는지 궁금하기

도 하고, 그래서 끝까지 파 볼 거다 내가. 조금만 기다려
봐.”

담당 형사의 말을 믿기로 하고 그대로 경찰서를 나왔
다. 나와서 다시 휴대폰 가게로 갔다. 엊저녁에 사고 당시
에 신고하려니 휴대폰이 절실하다는 것을 깨달았다. 휴대
폰 사업의 모든 의구심은 꼼꼼하게 체크하고 따져보며 사
용하면 예방될 것이라고 생각했다. 지난번에 기초생활수
급자에 선정된 일이 휴대폰을 구입하는 데 큰 용기가 되었
다. 기왕 산 것 최신형으로 샀으니 영어 회화 공부를 좀 해
볼 생각이다.

휴대폰을 사고 보니 작은아버지와 성겸이 형이 생각났
다. 핏줄이라곤 유일한 작은아버지와 성겸이 형을 제일 먼
저 휴대폰에 등록하고 싶었다. 지금은 어디서 만나도 서로
알아보지 못할 것 같다. 사청 아저씨의 전화번호를 1순위
로 등록하고 전화번호를 알리려고 통화했다. 다음은 장욱
과 오제, 박문수 그리고 담임 선생과 축구 코치와 감독까
지 번호를 저장해 놓고 수첩을 뒤져서 최두진 공장장의 전
화번호를 찾아 저장하고 전화를 했다.

“공장장님~! 저 인겸이요… 그간 안녕하셨어요?…
네,… 진작에 찾아뵙고 싶었는데 물류 창고 일이 너무 늦

게 끝나는 바람에요… 네, 네…, 아~ 그러셨군요… 그래
서 공장장님은 지금 시골에 내려가신 거에요?…아, 네,…
이제 당분간은 뵙기 어렵겠네요… 가시기 전에 뵀었어야
했는데…. 이거 제 휴대폰이에요…. 예 이번에 큰맘 먹고
구입했어요…. 공장장님께 먼저 번호 알려 드리고 싶었어
요…. 예에,… 예 공장장님께서도 늘 건강하시고요…. 언
제 꼭 찾아뵐게요… 예예, 안녕히 계세요."

　공장장은 스스로 사표를 내고 시골로 귀농했다고 한다.
자신이 본래 아버지와 함께 농사를 짓던 시골 출신이라서
귀농을 결심했다는 것이다. 할아버지와 생각이 같은 사람
인 것이 반가우면서도 자신과는 조금 달라서 서먹하기도
하다.

　며칠간 할아버지의 일기도 못 읽고 훈련에 임하고 알바
하고 휴대폰 만지는 것이 일이었다. 이젠 휴대폰에 어느
정도 익숙해졌으니 수업에도 독서에도 열중해야 한다.

　국가 대표가 된다는 상상을 해 봤다. 아는 것이 없는 국
가 대표와 알 만큼 아는 국가 대표를 비교해 보는 상상이
다. 국가 대표든 아니든 알 만큼 알아야 세상살이가 편할
것이다.

　휴대폰으로 영어 회화 공부 사이트에 가입했다. 한 달

요금이 8만 원이었다. 전화 할부금까지 부담스럽지만 학원 다니는 학습비보다 낫다고 해서 신청했다. 언제부터인지 인겸이가 할아버지 일기를 읽거나 공부하노라면 장욱과 오제도 도서관에 박혔다.

"사래! 사래! 사래! 파이팅~!"

모았던 손들을 힘차게 올렸다. 감독의 지시는 길지 않았지만, 선수들이 잘 소화해 내려면 매우 힘든 4강전이 될 것으로 예상되었다. 인겸이는 모처럼 선발 출전이니 잘해 보자고 마음을 다졌다. 수린이랑 그 일행들이 관중석에서 꽹과리를 쳐 대며 응원하고 있다. 인겸이가 쳐다보아서 그러는지는 모르나 수린이가 손을 번쩍 들고 흔들었다. 인겸이는 자신도 모르게 입술 키스로 답례를 하고 두 손 하트를 날렸다.

전반전 내내 혜문고의 장신들이 형성하는 높은 벽에 고전했다. 일방적으로 수세에 몰리다가 장욱이 천재적인 감각으로 선제골을 넣었다.

한 골을 내 주자 거칠게 나오는 혜문고 선수들이었다. 1학년 거구 조주환이 혜문고 스트라이커를 전담 마크하다 그의 팔꿈치에 눈두덩을 맞았다. 간단하게 눈두덩 치료를 받은 조주환은 조금도 위축되지 않고 오히려 더 완강하게 버텼다. 버티는 동안 사레고 공격진은 두 차례나 좋은 찬스를 만들어 냈다. 혜문고 수비수들이 인겸이와 유장욱을 막아 내려다 놓친 소동찬이 골키퍼와 마주 선 단독 찬스를 맞았다. 슬라이딩해 오는 골키퍼 발에 스쳐서 골라인 아웃되었지만 상대 사기를 누르는 데 효과가 컸다. 잠시 뒤에 또 찬스가 왔다. 센터 서클 부근에 있던 인겸이에게 공이 길게 넘어오고 있었다. 상대 수비수들이 인겸이를 에워싸는 것을 읽었다. 인겸이는 허리 높이로 오는 공을 허리를 숙이며 오른발 뒤꿈치로 유장욱의 앞에다 떨어뜨렸다. 유장욱은 성난 코뿔소처럼 볼을 몰고 돌진했다. 당황한 혜문고 수비 라인이 낙엽처럼 흩어지고 단숨에 페널티 박스 안까지 들어가서 슛을 했다. 공은 필사적으로 다이빙하는 골키퍼의 손을 따돌리고 골대 안으로 빨려들어 갔다. 이 추가 골은 유장욱이 득점왕이 될 수도 있는 점수였다. 이 대회에서 아직 네 골을 넣은 선수는 장욱이 말고 나오지 않았다.

혜문고 선수들은 두 골이나 실점한 데다 압도적이던 경기 상황도 점점 안 좋아지자 사나운 플레이를 했다. 인겸이가 따라붙는 두 선수를 또 멋지게 따돌리고 페널티 박스 앞으로 빼 가는 참인데 뒤에서 발을 걸어찼다. 눈에 보였다면 피할 수 있겠으나 뒤에서 갑자기 해 오는 통에 인겸이는 심하게 나뒹굴었다. 그 순간 상대 선수는 고의적으로 나뒹구는 인겸이의 발목을 짓밟고 넘어갔다. 축구화 밑바닥의 뾰족한 스터드가 인겸이의 발목에 사정없이 박혀 요동치는 것 같았다.

"아악!"

인겸이는 비명을 지르며 발목을 부여잡고 몸부림쳤다. 장욱과 오제가 그 꼴을 보고 상대 선수에게 달려들었다. 순식간에 두 팀이 엉겨 붙어 패싸움으로 번졌다. 대회 본부에서 안전 요원들이 뜯어 말리면서 진정되었지만 이미 4강전의 상처는 돌이킬 수 없게 되었다.

병원으로 실려 간 인겸이는 발목 인대 파열과 발등 골절로 6주 입원하라는 진단을 받았다. 완치되려면 짧으면 3개월, 길게는 1년 동안 축구를 할 수 없게 된 것이다. 3개월이라 해도 다시 몸을 만들기까지는 수개월이 더 걸리기 때문이다. 연말에 열릴 18세 이하 세계청소년월드컵 아시아 예선에 부상으로 출전 못 할 선수를 뽑을 리 없었다. 그렇게 원했던 국가 대표의 꿈이 날아간 순간이었다. 그나마 다행인 것은 상대 선수가 인겸이를 가해하는 장면이 찍힌 것이다. 전국 대회 4강전이라서 스포츠 TV에서 중계를 하고 있었기에 그 장면이 뉴스 시간에 방영된 것이다. 누가 봐도 발목을 밟은 행위는 고의였다. 그럼에도 혜문고와 사래고 두 학교는 합의라도 한 듯이 가해자에게 세 게임 출전 정지 처분만 내린 채 그냥 덮고 넘어갔다. 시합하다 부상당한 인겸이만 억울하게 되었다. 인겸이는 깁스를 한 채 절망의 눈물을 흘렸다. 아무도 억울함을 풀어 줄 사람이 없었다. 뉴스를 보고 다음 날 사청 아저씨가 왔다. 사청 아저씨는 자신이 축구하다 다쳤을 때처럼 많이 아파했다. 용기 내라며 많은 말을 해 주고 갔지만 인겸이에겐 하나도 들리지 않았다.

소년병과 함께

도윤이 순덕의 가족을 만난 것은 큰 행운이었다. 누가 처음 만난 생면부지의 사내를 이 전쟁 통에 거두어 줄까? 그 전사했다는 아들의 영령이 도윤을 자신의 가족에게 데려다 주었는지도 모른다. 앞을 못 보는 노부와 아직 어린 티도 다 못 벗은 여인을 도우라고 도윤을 데려다 준 것 같다. 벌써 새벽엔 물이 언다. 곧 겨울이 닥칠 텐데 집에 마련된 땔감이 그리 많지 않다. 순덕의 삼촌이 해다 놓은 것을 사용하는 중인데, 겨울이 가기 전에 떨어질 것이다. 산에서 매복하거나 순찰 중인 군대를 만날까 두렵기도 했지만 이미 목숨을 내걸고 사는 것, 기왕이면 좋은 사람들을 돕는 일이나 하다가 죽자는 생각이었다. 멀리서 보면 나이 많은 나무꾼으로 보이도록, 하얀 적삼을 입고 짧은 머리는 두건으로 가렸다.

　이른 새벽부터 저녁 땅거미 지도록 종일 한 나무가 몇 지개째인지 잊었다. 이틀 동안 뒤꼍의 담장을 겹으로 쳐 둔 것처럼 장작을 쌓아 놓았다. 솔가리 묶음도 세 둥치나 부엌 한쪽에 쌓아 주었다. 마침 부엌 뒤쪽에 장작 쌓아 놓기 좋은 빈 헛간이 있었다. 우선 나무를 장작 패기 적당한 크기로 톱질하여 잘랐다. 그리고 어려서 아버지께 배운 도끼질을 힘차게 했다. 순식간에 굵은 나무둥치들은 불 때기 좋은 장작으로 둔갑했다. 순덕은 주변을 살펴 경계하며 장작을 들어다 헛간에 차곡차곡 쌓았다. 그만하면 겨우내 땔감 걱정은 안 해도 될 것이다. 나무를 다 거둔 다음 나무가 가득 채워진 헛간을 보니 든든하다. 자신이 밥값 좀 한 셈이라고 생각하니 마냥 흐뭇하고 뿌듯했다. 다행히 이틀간 아무 것도 나타나지 않았고 비행기 공습도 없었다. 간간히 들리던 포탄 소리도 들리지 않았다. 이북 군이 아주 먼 곳까지 후퇴해서 전선이 북쪽으로 많이 옮겨진 까닭인 것 같다. 순덕의 집이 골짜기 깊은 외딴집이라서 마을에서도 도윤의 존재를 눈치 채지 못한 것도 행운이었다.

　많이 늦었지만 부대를 찾으려면 북쪽으로 가야 한다. 이 전쟁이 끝나고 무사하기만 하면 꼭 만나러 오겠다고 약속하고 순덕이네 집을 나왔다. 부대를 만나는 일도 순덕을 다시 만날 일도 신의 도움밖엔 없다.

언제 꾸려 준비했는지 집을 나올 때 순덕이 한사코 메어 준 배낭이 묵직하다. 묵직해도 도윤에겐 부담보다 힘이 되었다. 감자 하나를 먹어 보니 소금을 넣고 삶아서 조금 짠 듯하다. 아무리 겨울 날씨라 하지만 등에서 피어오르는 땀의 열기에 쉽게 상할 것을 생각한 것이다. 조금 짜게 삶으면 쉽게 상하지도 않고, 땀을 많이 흘렸을 때 염분을 취할 필요까지 계산한 순덕의 지혜가 남다르다.

도윤은 낮엔 가능한 한 높은 산 능선을 따라 북으로 이동했다. 그래야 비행기가 나타나도 빨리 발견하고 피할 수 있고 이남 군이든 이북 군이든 보병 부대를 내려다보며 쉽게 찾아낼 수 있기 때문이다. 그러려니 강원도의 산들은 높고 험난하다. 평지를 지나거나 강을 건너야 할 땐 야간을 이용해서 넘었다.

순덕과 헤어지고 첫 번째 동녘이 밝아오고 있다. 숲은 아직 어둑발이 진하다. 바위틈 가랑잎에 묻혀 잠이 들었던 도윤은 서둘러 일어나 길을 재촉했다. 나뭇가지에 긁히며 위로 전진해 갔다. 이슬에 옷이 젖고 있으나 어쩔 수 없어 그냥 전진만 하고 있었다. 이상한 소리가 연속으로 들려왔다. 사람의 코고는 소리인가? 멧돼지 소리인가? 멀리서 오는 탱크 소린가? 바짝 긴장한 도윤은 모든 촉각을 곤두세웠다. 소리 나는 쪽으로 총을 겨누고 아주 천천히 다가갔다.

벌초를 얼마나 오랫동안 안 했는지 어린 잡목들이 솟고 잡초와 가랑잎이 수북한 무덤이었다. 그 무덤 마당에 누워 있는 것은 분명히 이북 군 복장의 소년병이었다. 코를 골지 않았다면 시신으로 알 정도로 몰골이 말이 아니었다. 아침 햇살이 얼었던 몸을 다소 녹여 주었는지 먹던 칡뿌리를 손에 든 채 아주 평온하게 잠들어 있다. 나이 열서너 살쯤으로 보이는 아기 같은 얼굴의 소년병, 살기 위해 어떻게 헤매고 얼마나 고단했으면 누가 다가온 줄도 모르고 깊은 잠에 빠졌는지? 보고 있자니 가슴이 짠하게 저려 왔다. 편히 자도록 솔가리를 꺾어 얼굴에 그늘을 만들어 주었다. 나무를 잘 지탱하게 세우고 자신은 무덤 뒤쪽 그늘에 앉아서 주변을 경계했다. 양지라서 이슬에 젖은 옷을 햇볕에 말릴 수 있어서 좋았다.

아이는 아침 한나절이 돼서야 깨어났다. 자신의 얼굴을 누가 가려 주었는지 몰라 솔가리를 잡고 들여다보다가 고개를 들었다. 그제야 도윤을 발견하고 놀라며 총을 집으려고 땅을 더듬거렸다.

"네 총 여기 있다."

도윤이 총을 들고 있는 것을 본 소년병은 벌벌 떨기 시작하며 팔을 들었다.

"살려 주십시오. 살려 주십시오."

"자넨 인민군인가, 국방군인가?"

"부, 북조선의 인민해방군입니다"

"그럼 뭘 그리 살려 달라고 비나? 나도 북의 인민해방군인데 내 복장을 봐라."

그제야 소년병은 도윤을 자세히 보며 안도하는 눈치였다.

"걱정하지 마라 나는 네가 이남 군 소속이라 해도 죽일 마음 없다."

도윤의 말에 소년은 '왜 안 죽여요? 적인데?' 하는 듯 도윤을 올려다보았다.

도윤은 먼저 소년을 먹여야겠다고 생각하고 배낭을 열어 삶은 감자 세 개를 내밀었다. 소년은 낚아채듯 받아 입에 우겨 넣었다.

"체할라 천천히 먹어도 빼앗을 사람 없다."

국군 소속이라 해도 왜 안 죽이는지에 대한 대답을 혼자 말하듯이 시작했다. 소년병은 감자를 먹느라고 듣는지 안 듣는지 알 수 없다.

"양민을 학살한 이승만 무리들을 적으로 여기는 거야 당연하지. 그러나 네 또래들은 어느 누구도 잘못 없어. 그냥 같은 민족일 뿐이지. 잘못은 어른들이 했으니 어른들끼리 해결할 일인 거야. 너희들이 무엇 때문에 누구를 위해 서로 죽고 죽여야겠니? 서로 죽고 죽이면 살아남더라도 그 가슴엔 서로에 대한 깊은 원한만 담기지. 모두가 그 깊은 원한을 품고 평생을 살아가는 사회라면 그게 바로 지옥인 거다."

도윤의 이야기는 들은 듯 만 듯 감자를 다 먹고 더 없나 하는 표정으로 배낭을 보고 있다. 감자 하나를 더 주며 말했다.

"산에서 얼마를 지내야 할지 모르니 아껴 먹어야 해."

이남 군이라도 죽이지 않는 이유를 알겠다는 것인지, 감자 아끼잔 말을 받아들이겠다는 뜻인지, 소년은 여러 번 고개를 주억거렸다. 무엇이든 상관없이 단도직입적으로 말을 꺼냈다.

"나는 내 부대를 찾으려고 북으로 가고 있다. 너는 너 가고 싶은 곳으로 가라 나를 따르고 싶거든 함께 가도 괜찮고.”

소년은 감자를 포기할 수 없는지 배낭을 쳐다보더니, 제식 훈련에서처럼 부동자세를 하고 큰 소리로 말했다.

“저 혼자 딱히 갈 곳 없습니다! 따라가겠습니다!”

도윤은 속삭이듯이 조용하고도 빠르고 또렷한 말로 일렀다.

“그렇다면 내 명령에 따라야 한다. 첫 번째 명령이다. 지금처럼 부동자세도 하지 말고 큰 소리로 말하지도 마라! 적에게 들킨다. 네 이름이 뭔지 대봐.”

“예, 알겠습니다. 저의 이름은 이영식입니다!”

소년은 부동자세는 풀었지만 목소린 여전히 큰 소리다. 도윤이 검지를 입에 대고 눈을 부라리자 깜빡했다는 듯 혀를 내밀며 손을 모아 비는 시늉을 했다. 도윤이 소년을 자기 명령에 따르라 다짐해 두는 까닭은, 둘이 손발을 맞추지 않고 경솔하게 행동하다가 잘못되면 죽을 수도 있기 때문이다. 도윤은 영식이와 둘이 지켜야 할 약속을 몇 가지 해 두었다. 그중 하나가 긴박한 상황일 때 말없이 의사를 주고받는 수신호였다.

영식을 재촉하며 북으로 북으로 걸었다. 가다가 추운 밤에 야숙할 때가 혼자일 때보다 좋았다. 서로 붙안고 자니 상대의 체온 덕에 훨씬 덜 춥기 때문이었다. 노출 안 되게 조심하다 보니 이틀간을 거의 이야기를 나누지 않고 침묵으로 걸었다.

영식과 함께 나선 지 닷새가 지나도록 부대를 만나지 못했다. 쓰디쓴 도토리와 산밤을 주워 먹었고, 눈밭에서 산토끼를 잡아 불도 못 피우고 생고기로 찢어 먹으며 굶주림을 견디는 지경에 이르렀다. 감자를 다 먹은 지가 언제인지 기억조차 아련하다. 중국말을 쓰는 꽹과리 부대를 만날 수 있었지만 말이 안 통하니 적으로 오해 받을까 두려웠다. 최악으로 아군에게 총살될 수도 있기에 신중하려고 여태 합류하지 못하고 있었다. 이젠 굶주리고 노독이 올라 더 나가지도 뒤로 빼지도 못할 상태가 되었다. 눈도 가물거리고 쓰러져 죽을 지경이다. 잠들면 죽음인데 서로 잠들지 말자 챙겨 줄 수 있는 여력조차 동났다. 모든 일이 다 귀찮고 누워서 자고 싶을 뿐이었다.

하경이 얼굴 가득 웃으며 두 팔을 벌리고 도윤을 맞으러 뛰어나온다. 도윤도 너무 반가워 두 팔을 벌리고 달려갔다. 가도 가도 하경은 점점 멀어져 가물가물해진다.

하경의 이름을 부르며 깨어 보니 거적 같은 깔개 위에 누워 있다. 몸을 움직이려니 손이 묶여 있다. 주위를 둘러 보니 옆 자리에 영식도 똑같이 묶여 잠들어 있다. 적인지 아군인지 모르나 자신들이 얼어 죽는 상황에서 구조해 준 것이었다. 깨어났음을 알리기 위해 끙끙거려 보았다. 미지의 배타적 원주민 같은 얼굴이 눈앞에 나타났다. 웃음을 머금은 얼굴이나 눈매가 매우 냉정해 보인다.

"칭시어린궈라이마?[淸醒过来吗?]"

중국군이란 것을 안 순간 실망이었다. 언어 소통이 어려우니 도윤과 영식이 어느 쪽 군인인지도 전하기 어렵겠다.

"북조선 린민군이요. 저 소년병과 나."

그냥 한국말로 했다. 알아들을 리 없지만 속담에 말은 하고 볼 일이라고 했다.

"니멧시쒜이?[你们是谁?]"

알아들을 수 없는 것만 앞에 물은 말과 똑 같다. 그렇지만 같은 대답을 했다.

"북조선 린민군"

"삐차우씨엔 렌민 쥔마?[北朝鲜人民军吗?]"

무조건 고개를 끄덕이며 또 똑같은 대답을 했다.

"북조선 린민군."

"워오메스시이카옹 쭝화렌민꽁홰구어라이데 차우씨엔 렌민쥐웬쥔데.[我们是从中华人民共和国来的 朝鲜人民

志願軍的]"

말하는 표정이 자신들은 중화인민공화국 군대임을 말하는 것으로 짐작할 수 있었다. 얼른 손을 내밀어 악수를 하고 싶었지만 묶여 있어서 그럴 수 없었다. 그때 이북 군 병사 하나가 나타나 묶인 손을 풀어 주었다.

"동지들 이젠 살았소."

도윤의 또래인 이북 군 병사의 말이었다. 손을 내밀어 그와 악수를 했다.

"반갑고 고맙소. 그런데 우리가 어떻게 된 거고 여긴 어디며 어느 지방이오?"

"말 그대로 이틀 전 동지들은 눈밭에서 동사 직전이었소. 중화민국의 인민 지원군 순찰대 용사들이 발견해서 데려온 거요."

중국 군인과 악수를 했다. 영식도 깨나서 손이 묶인 채 주변 소리를 듣고 있었다. 영식의 손은 도윤이 직접 끌러 주었다. 몹시 배가 고팠으나 이내 음식이 나오지는 않았다. 식사 시간이 되어서야 주먹밥처럼 뭉친 것 하나를 받을 수 있었다.

도윤을 구조한 부대는 중국 부대와 인민군의 소통 역할을 하는 파견 부대였다. 도윤은 이북 군 병사와 함께 본부로 갔다. 본부에서 도윤이 함께했던 부대에 배치했다. 도윤이 있던 부대의 분위기가 아닌 처음 보는 얼굴들이 많았다. 그중 도윤과 익숙한 부대원은 없었다. 그동안의 부대 소식을 들었다. 부대에선 도윤도 전사한 것으로 알고 있었다. 도윤의 부대는 황상일 소좌가 전사하는 혹독한 전투를 치르며 부대를 만났다. 도윤을 동생처럼 아끼던 황상일 소좌가 그 전투에서 전사했다는 소식은 큰 충격이었다. 안타깝고 애잔해서 자신도 모르게 눈물이 나왔다. 얼굴을 감싸고 주저앉아 한참을 일어설 수 없었다. 전쟁의 비참하고 끔찍한 현실을 또 절감하는 순간이었다.

황상일 소좌 말고 다른 사람 소식도 궁금했다. 하경이와 철묵은 어찌 되었는지 물었다.

"그 부대의 이하경 여성 동지가 있었는데 어찌 되었나요?"

"오! 그럼 그 여성 동지가 말했던 천도윤 동지시군요?"

살아 있었구나 하고 안도하는 순간이다. 하경은 처음 여기 오자마자 도윤을 구하기 위해 사령관에게 생떼를 쓰다가 처벌받을 뻔했다고 한다. 결국 이틀 뒤에 사령관에게 박철묵 중좌가 이끄는 열세 명 정예 부대로 부상병과 천도윤 동지를 데려오라는 명령을 받아냈다. 그러나 모두 전사했다는 소식만 가지고 돌아왔다. 지금은 날마다 전투를 하느라 누가 어디 있는지 구분하기가 어렵다 한다.

전투는 중국군의 희생이 많았지만 계속 남진하고 유리했다. 전력이 완강한 이남의 연합군도 중국군의 인해 전술에 밀려났다. 서부 전선에선 개성을 탈환했다고 전해 왔다. 압록강까지 후퇴하여 패전 상황에 처했었던 이북 군은, 중국군의 지원으로 힘을 얻어 다시 재역전하여 남진 남하하고 있다. 하지만 그리 부대원의 사정을 봐줄 만한 여유를 가질 만큼 유리한 전황은 아니었다. 하루가 다르게 전선이 바뀌고 고지의 주인이 바뀌면서 많은 사람이 죽고 다쳤다. 그런 전황 속에서 도윤도 날마다 목숨을 건 전투에 투입되었다.

전투에서 이겨 고지를 점령하든 져서 고지를 내어 주든 왜 이렇게 처참한 싸움을 해야만 하는지 회의가 들었다. 누군가에게 총을 겨누어 쏘았고 그 누군가가 그 총에 맞아 쓰러져 피를 흘릴 때마다, 이승만 군대가 자신과 아버지에게 한 것처럼, 자신이 그와 그의 가족에게 똑같이 가하고 있다는 생각이 도윤을 괴롭게 했다.

도윤이 부대에 복귀한 후 부대는 수차례 밀고 밀리는 전투를 하며 남하했다. 군사들은 밤마다 혹독한 추위에 시달렸지만, 땅속 진지가 피한처일 뿐 밤엔 공습 때문에 불도 피우기 어려웠다. 밀과 보리, 옥수수를 볶지도 못 하고 생식으로 끼니를 삼으니 여전히 배가 고팠다. 부대는 이남 군이 점령하고 있는 고지를 탈환하기 위해 대대적인 공격을 앞두고 준비 중이었다. 도윤도 탄약과 수류탄을 받아놓고 총을 분해해 닦으며 눈발이 보이는 하늘을 살폈다.

부대를 찾아 들어온 지 얼마나 되나 이미 오래 전에 날짜마저 놓쳤다. 정확히는 몰라도 양력으로는 새해가 되었다는 것은 안다. 부대는 계속 중국군의 힘으로 남진했다. 중국군의 주력 부대는 서울 가까이 접근했다고 한다. 도윤은 여전히 하경과 철묵의 소식도 모르는 채 전투에 투입되고 있었다. 화천 부근의 북한강 전투에서 영식이 팔에 총상을 입었다. 하마터면 심장에 박힐 뻔한 총알이 다행히 팔뚝만 스쳤다. 스쳤다지만 상당히 찢어지고 화상을 입어 많이 아파했다. 도윤이 급한 대로 칡덩굴을 잘라 팔을 동여매어 지혈해 주고 의무병에게 보냈다. 그 전투에서 이북군도 많은 희생이 났지만 이남 군을 더 남쪽으로 물리쳤으니 승리한 것이었다.

전투가 일단락되자 이내 영식이 궁금해서 의무병 막사를 찾았다. 의무병 막사는 여러 부대를 맡고 있어서인지 막사 중 가장 후방인 북쪽 끝에 있었다. 영식은 잘 치료 받았으나 몹시 아파하고 있었다. 약품도 부족하고 시설도 열악한 의무병 막사였다. 부상자들이 내는 신음이 귀에 많이 거슬렸다. 영식에게 달리 해 줄 것도 없고 있어 봤자 환자에게도 귀찮을 것 같아 서둘러 나오려는 중이었다. 간호관 복장을 한 사람 중에 눈에 익은 사람이 환자들 사이를 오가고 있었다.

"하경 씨!"

자신을 부르는 소리에 깜짝 고개를 들고 두리번거리는 사람은 분명 하경이었다. 도윤은 가슴이 벅차고 뛸 듯이 기뻐 하경에게로 다가갔다. 하경도 도윤을 보고 달려와 안겼다. 말이 필요 없었다. 누가 보거나 말거나 서로 붙안은 채 눈물을 흘렸다. 오래지 않아 하경이 눈물을 훔치며 진정했다. 돌보던 환자부터 돌봐 주어야 되기 때문이었다.

"철묵은 어찌 됐어?"

기다린 도윤이 묻자 하경의 얼굴에 그늘이 스쳤다. 말없이 도윤의 손을 잡고 다른 막사로 데려갔다. 끙끙 앓는 소리가 철묵임을 알 수 있었다. 철묵은 사람이 다가가도 모르고 끙끙대며 이마에 진땀이 맺혀 있었다. 자세히 보니 한쪽 다리의 무릎 아래가 절단되어 있었다. 철묵을 위로할 말이 떠오르지 않았다. 오히려 자신이 그의 참담한 모습에 충격을 받아 주저앉아 소리 없이 오열을 했다. 아버지의 죽음을 본 다음으로 구슬픈 울음이었다. 이승만과 미군에 대한 원한을 되새기며, 꼭 갚으리라는 다짐만이 도윤이 철묵을 위해 해 줄 수 있는 것이었다. 전쟁이 끝나면 철묵을 곁에 두고 돌보며 지내리라고 다짐했다. 그동안은 하경이 곁에서 그를 돌볼 수 있고 자신도 가까이서 자주 찾을 수 있기를 희망했다.

북한강 전투에서 승리한 이북 군대는 더 남진하기 위해 화천을 점령하려는 전투를 하고 있었다. 영식도 웬만히 회복되어 전투에 투입되었다. 들리는 소식으로는 중국군이 서울을 탈환했다고 한다.

전선에는 눈보라가 휘몰아치고 있다. 모두 추위와 동상에 시달리고 있다. 도윤도 오른쪽 엄지발가락과 새끼발가락이 견딜 수 없이 가렵다. 퉁퉁 부은 왼쪽 발은 아예 아무 감각이 없다. 군화를 벗어던지고 박박 긁어 대고 싶지만 어떤 돌발 상황이 터질지 모를 전투 중이다. 거두지 못한 시신들이 골짜기와 산 언덕 곳곳에 널브러져 있다. 모두 세상에 태어날 땐 귀엽고 어여쁜 아기였을 것이다. 자신이 이렇게 죽임을 당하려고 탄생한 생명이 이 시신들 중에 하나라도 있을까? 눈발은 거세지고 계속 내리면 천지는 곧 온통 하얗게 덮일 것이다.

천사모와 박수린

부상 때문에 알바 자리에서 쫓겨나고 축구도 멈추고 인겸이에겐 희망이 없었다. 가만히 있다가도 미칠 듯이 화가 치밀고 분하고 원통해서 소리치며 울었다. 울다 보니 룸메이트 환자들의 눈치가 불만을 끓이다 넘치는 가마솥 같아 애써 진정했다.

입원 처음엔 병문안으로 찾아오던 사람들도 일주일쯤 되자 끊기고 종일 혼자 지내고 있다. 하는 일이라곤 할아버지의 일기장 읽는 것 말고는 할 게 없다. 병원 생활이 감옥 같고 싫어졌다. 뭔가 무슨 일이라도 터트려야 살 것 같은 사이코패스가 되어 가는 것 같았다.

할아버지의 일기장을 읽다가 내용이 들어오지 않아 되읽어 보기를 몇 차례나 하고 있었다. 병실 문이 살며시 열리며 엉거주춤하던 여학생이 인겸이와 눈이 마주쳤다. 다른 환자의 가족이거나 병문안 오는 사람이려니 하고 눈을 거두어 일기장에 박았다.

"천인겸 선수죠?"

맑고 고운 목소리가 어떻게 자신의 이름을 묻나? 귀가 의심되어 얼른 고개를 들었다. 눈을 크게 뜨고 환히 반가워하는 여학생의 얼굴이 코앞에 있었다.

"아~! 맞다. 얘들아! 여기 맞아!"

수린이를 포함 일곱 명의 여학생들이 우루루루 들어왔다. 꽃다발부터 과일, 과자, 음료수 등을 제각기 들고 있었다. 인겸이는 놀랍고 당황되고 부끄럽고 가슴 뛰고 떨리고 좋고 얼굴이 뜨거워지고, 몸 둘 바를 모르겠고, 정신이 마구 비틀거려 말할 겨를이 없었다. 다짜고짜 다친 발목을 어루만지고, 손을 쓰다듬고, 어깨를 두드려 주고, 과일을 깎아 입에 넣어 주고, 손톱까지 깎아 주며 혼 빼고 코 빼더니 흰 봉투와 함께 쪽지들을 베개 밑에 껴 놓고 가 버렸다. 그러는 동안 인겸이는 그냥 웃음기만 보이며 고맙다는 말뿐, 할 말을 찾지 못했다. 봉투랑 메모지를 꺼내 보니 봉투엔 10만 원이 들어 있다. 종이들은 각자가 자기를 소개하고 인겸이에게 하고 싶은 말을 적은 쪽지였다. 어느새 인겸이의 스마트폰을 들고 자신들의 번호를 찍어 통화를 눌러 번호 따냈는지, 각자가 이름과 함께 자기 번호를 문자로 보내 놓았다. 인겸이는 다른 학생의 쪽지는 읽어도 건성건성 별 관심 없게 읽었지만 수린이 쪽지만은 길어도 정성껏 읽었다.

　－ 천인겸 선수 (나랑 동갑이라서 말 놓겠음) 우리 사촌 오빠 박문수에게 말 많이 들었어. 운동장에서 훈련하는 천 선수의 모습을 처음 보았을 때 참 멋있었어. 다음 훈련이나 시합 때도 저절로 찾아보게 되더군. 오빠가 전한 말로는 내게 관심이 많다며? 오빠가 천 선수에 대해 말하길 음흉한 소도둑놈이 속에 들어 있다며 조심하라 하더군. 그렇지만 내게 잃어버릴 소가 없으니 상관없다고 했지. 뭐 내 속에도 소도둑놈보다 더한 구미호가 들어 있으니까 걱정할 것 없다고. 천 선수에게 구미를 땡기는 호빵만 있다면 무조건 나도 좋으니까 나랑 사귀려면, 건강 빨리 회복해서 맛난 호빵 준비해 한자로 좋을 호 자를 넣은 호빵.

　"히히히."

　읽으며 웃음이 저절로 나왔다. 처음 보낸 글로선 너무

농후하다. 언제 좌절했었냐는 듯이 기분이 날아갈 것 같다. 어서 발목이 나아야 수린이랑 사귀는 것도 시도할 수 있을 것이다. 만약 사귀게 되면 박문수에겐 절대 비밀로 하자 할 것이다. 희망을 버리지 말고 반드시 재기해야 한다. 18세 이하 국가 대표는 못 되었지만 올림픽 대표도 있고 월드컵 대표도 있다. 어서 발목이 나으면 반드시 몸을 제대로 만들어서 멋진 모습을 보여 주리라고 인겸이는 굳은 결심을 했다.

수린이가 돌아간 다음 SNS에 인겸이에 대한 이야기와 모습이 올려졌다. 천사모란 이름으로 올린 사람은 분명 수린이와 함께했던 여학생 중에 하나였다. 글솜씨가 스포츠 신문 기자가 쓴 기사보다 나은 것 같다. 인겸이가 부상당하던 장면과 골을 넣는 장면의 동영상까지 올려 놓았다. 부상당하는 장면 밑엔 발목을 밟는 장면은 누가 봐도 고의라고 판단할 것이라고 글귀를 붙였다. 또한 처벌이 가볍고 양쪽 학교 측의 반응도 억울한 천 선수를 조금도 위하지 않았다고 비판했다. 우리 미래를 가꾸어 나갈 교육계에서 이런 태도를 보일 수 있는 것인지 의문이라고도 기술했다. 또, 체육계도 재발 방지를 위해서라도 일벌백계해야 하는데 솜방망이 처벌을 하고 있다고 비판했다. 일반 상식으로는 도저히 이해할 수 없다며 한 번 더 강조했다. 그 밑에 이어 천 선수의 처지에 대해서도 밝혔다. 아무도 돌봐주는 이 없이 혼자 아르바이트를 하면서 축구 국가 대표의 꿈을 키워 왔지만, 이번 부상으로 아르바이트 자리도 잃었고, 18세 이하 국가 대표 선수의 꿈을 빼앗겼다는 내용이었다.

글은 몇 시간 되지 않아 일파만파 알려지고 순식간에 조회 수가 1만을 넘고 있었다. 교육계를 들먹인 탓에 더욱 일이 커진 것 같다. 인겸이는 더럭 겁이 났다. 자신이 억울한 것이야 사실이지만, 괜히 일을 크게 만들어서 입장만 난처해지는 것은 아닌지 걱정되기 때문이다.

수린이랑 병문안 왔던 날 인겸이 번호 따 가느라고 입력한 학생의 번호에 쪽지를 보냈다.

'SNS의 글 내리는 것이 좋을 것 같아.'

보낸 쪽지에 5분도 안 되어 답장이 왔다.

'걱정 말아. 이번 일은 내가 참을 수 없어서 나선 것인데.'

'너무 일이 커지는 것 같아서.'

'천 선수를 위함이기도 하지만 모두를 위해서야. 잘못되면 모든 책임은 내가 질게.'

오제랑 장욱이 온 것도 모르고 문자를 주거니 받거니 한참 했다. 여학생은 막무가내로 듣지 않았다. 곁에서 오제와 지켜보던 장욱이 부러운 듯 농담조로 한마디 보탰다.

"나도 결승전에서 인겸이처럼 어디 쪼금 다칠 걸 그랬나?"

"예끼! 말이라도 재수 없는 소린 하지 마! 철딱서니 없이…."

마지막에 할아버지 말투까지 섞으며 눈을 흘겨 주었다. 둘 다 무언가 할 말이 있어서 온 모양인데 무엇인지 말하라는 투로 말없이 바라보았다. 천천히 오제가 입을 떼었다.

"인겸아, 저기 싫은 나두 국대 1차 상비에 들었다. 장욱이랑."

"거북이 오버래핑 하냐? 그 말에 인터벌이 뭐 그리 길어? 잘된 일을. 축하한다."

인겸이는 진심으로 오제가 된 것이 반갑고 좋았다. 인겸이 좋아하자 주뼛거리던 둘의 표정이 밝아졌다. 인겸이와 같이 웃다가 다시 오제가 정색하며 인겸이의 손을 쓰다듬었다.

"너헌티 미안해갖구 말 끄내기 뭣했는디 이냥 좋아해 줘서 고맙다야."

"미안할 게 뭐냐? 네 실력인데. 그래 워낙 네 포지션에서 너만큼 두드러진 선수는 없어."

"나는?"

인겸이의 진실 어린 오제 칭찬을 듣던 장욱이 시샘하듯 얼굴을 들이밀어 댔다.

"아이, 장욱이 넌 득점왕까지 되었는데 너를 빼 놓을 심의가 있겠냐?"

"맞아! 더구나 결승전에서 네가 넣은 두 골은 최고였어. 팀은 승부차기에서 졌지만. 인겸이 너만 있었어도 이번 대회는 우리 학교가 우승했을 거야."

기가 살아난 오제가 평소처럼 말이 많아지고 있다. 인겸이가 그 말을 잘랐다.

"그야 알 수 없지. 상대 팀도 결승까지 올라오느라고 전력 소모를 많이 했을 테니, 그리고 이번 결승에선 돼지 형제도 좋은 활약을 했다며?"

스포츠 신문의 결승전 기사를 휴대폰으로 읽었다. 오기만, 기철 쌍둥이 형제의 활약이 두드러졌으며 장욱의 두 번째 골도 오기만 선수로부터 나온 거라는 기사였다.

"좋은 활약은 개뿔? 맨 지들 둘만 돋보이려고 혼자 공을 몰다가 자주 커트 당하고 지들 둘만이 공을 주고받고 한 것이 걔들 패스 중 절반은 넘을 거다. 공을 줘도 꼭 한 박자 늦게 줘서 처리 곤란하게 만드는 것들이 무슨 활약?"

장욱이 오기만 형제의 말이 나오자 많이 흥분하고 있다. 인겸을 의식해서 그러는 것 같아 그리 유쾌하게 들리지 않았다.

"스포츠 기사에 그리 났기에."

이번엔 오제가 나서서 흥분한다.

"신문이래두 다는 믿지 마러. 신문 기자두 엉터리가 많댜. 뒷돈 주면 뻔헌 진실두 반대루 내보내는 기자가 허다허댜. 나두 니가 본 그 기사 봤는디 둘째 골이 기만이 때미 나왔다구? 야 지나가던 소가 웃었것더라. 멧뙈지 그늠이 패스헐 존 자리 보일 땐 다 무시허구 혼저 몰구 들어가다가 뺏길 거 같으니께 그제서야 급히 동찬이헌티 준겨. 그것두 받기 어렵게. 동찬이가 그 공을 살려 보려구 넘머지면서 발을 뻗었는디 그 발에 맞구 마침 장욱이 앞으루 튕기는 바램이 꼴이 터진겨. 장욱이 감각이니께 늫찌 웬만헌 선수는 놓쳤을 꺼다."

오제는 흥분하면 하던 말 다 해야 그친다.

"그러구 돼지 걔들은 그 소견머리 때미 발전두 안 되는 걸 물러. 너무 노골적으루 지들만 돋보일라는 짓허구, 욕심이랑 질투 땜이 팀에두 보탬 되는 게 별로 옳어."

말 없던 장욱이 오제의 말을 끊었다.

"아무튼 그 기사 때문인지 걔들 둘 다 상비에 들었더라. 내로라하는 미드필더가 많은데… 더구나 산돼지는 인겸이처럼 병원에 있다던데."

말하는 장욱을 오제가 팔 뒤꿈치로 지르며 인겸이의 눈치를 보았다. 그런 오제에게 은근히 부아가 나지만 꾹 참았다. 그때 장욱이 평소 하고 싶어도 참았었는지 작정하고 말을 이었다.

"나는 이번에 인겸이가 다친 일에 자꾸 의심이 들어."

"그건 또 무슨 말이랴?"

의외의 말에 오제와 인겸이가 조금 놀란 눈으로 장욱을 보았다.

"지금부터 내가 하는 말을 잘 들어 봐. 우선, 인겸이 가스 사고 난 것부터가 이상했어. 기계 고장에 방독면에, 그다음 공장 박스 사고, 다음 오토바이로 너를 해치려던 놈, 그놈이 이 문제의 열쇠인데 경찰은 뭐하나 몰라. 거기에 이번 고의적인 반칙, 뭔가 있는 것 같다고 생각 안 되니? 인겸이 너는 누구에게 원한 살 일도 한 적 없잖아? 나는 아무래도 오가 형제 걔네가…."

"스톱! 거기까지만!"

인겸이가 급하게 장욱의 말을 끊은 까닭은, 확실하지도 않은 일을 추측으로 문제 삼아 진짜처럼 여길 것 같아서였다.

"왜? 내 말이 틀려?"

"그런 의문의 일들이 줄을 이은 것은 사실이지만 그렇다고 확증도 없이 누구를 특정해서 의심할 수는 없잖니? 경찰의 조사 결과를 보고 말하자."

정색하는 인겸이를 거스르지 않으려고 장욱이 말을 거두었다. 잠시 침묵을 못 참고 오재가 이야기를 돌려 준결승전 당시 이야기를 꺼냈다. 장욱이 가장 먼저 화를 내며 밟은 애에게 달려들었고, 그 애가 장욱에게 되레 성내자 방국태가 그 애를 때렸다. 그러자 혜문고 팀원들이 방국태에게 우루루 달려들자 사래고 팀원들이 재빨리 나서서 엉겼다.

"내가 바로 옆에서 봤잖니. 야 난 그때 그 자식 때려죽이고 싶은 걸 참았다. 반칙해서 쓰러트린 것까지는 경기 중에 그럴 수 있으니까 이해해. 그런데 어떻게 넘어진 사람의 발목을 그렇게까지 짓밟을 수가 있냐?"

장욱이 그때를 생각하고 여태 무엇이 분하다는 듯이 흥

분했다. 인겸이도 그 부분은 납득할 수 없다. 경기 중 특별하게 그 선수에게 잘못한 것도 없고, 혹시 반칙이 있었다고 해도 그렇게까지 감정 살 만큼 고의적으로 어느 누구에게도 해 본 일 없다. 인겸이는 자신의 이익을 위해 누구를 분하게 하지 못한다는 것을 스스로 잘 안다. 혹시 작은 실수라도 모르고 했을 때, 그 사실을 알게 되면 그에 대한 충분한 사과와 배상을 해야만 떳떳해진다. 그래서 인겸이에게 가해한 그 선수가 한 번쯤은 사과하러 올 줄 알았다. 오면 왜 그랬는지 까닭만 제대로 이야기해 주면 다 잊자고 할 생각이었다. 그 선수는 깁스 끄를 날이 가깝도록 단 한 번도 나타나지 않았다.

"그런디 말여 패쌈까지 허구 뉴스까지 나온 일인디, 왜 여태 아무 징계두 않지? 그냥 우물쩍 넹기는 거 아닌가? 학교두 축구 협회두 그렇구 주최 측두 그렇구, 알쏭한 점이 너무 많어."

오제의 말에 동의하지만 거기에 대해 무엇을 할 수 있을까? 자신만 소모하는 일이니 관심 두지 않는 것이 좋을 것 같았다. 빨리 부상에서 회복되어 다시 축구하는 것과 일자리를 구하는 것밖에 관심 없다. 이야기를 더 나누던 둘은 인겸이가 피곤해 보이자 다음에 또 온다는 빈 약속을 하며 돌아갔다.

인겸이에게 연이어 일어난 사건들을 장욱과 오제만이 알고 있었다. SNS에 올린 글은 이번 부상 사건만 올렸지 연이은 의문의 사건들은 모르는 상태였었다. 누군지 알 수 없는 닉네임으로 그 밑에 단 댓글 하나가 그 연이은 의문의 사건들을 알렸다. 또 누군가가 지금에 처한 형편도 자세히 올렸다. 그 일은 곧 번져 나가 인겸이 후원회까지 생긴다고 들끓었다. 그에 따라 여태 아무 조치도 안 한 축구협회와 대회 주최 측, 교육계까지 도마에 올랐다. 인겸이는 자신의 일로 시끄러워지는 것이 싫었다. 제발 그만두자고 간곡한 댓글을 올렸어도 변화가 없다.

낮 모르는 남자가 병실에 들어오며 물었다.

"천인겸 선수 병상이 어딘가요? 아! 저기군 천 선수 좀 어때요?"

다짜고짜 들이대는 남자가 누군지 아무리 기억을 뒤집으며 찾아도 알 수 없다.

"누구, 세요?"

인겸이가 묻기 전에 남자는 이미 명함부터 내밀고 있었다.

"스타스포츠 신문 기잔데 천 선수 인터뷰 좀 하려고 왔어요."

"저 인터뷰 안 해요. 할 말 없어요."

신문 기자까지 찾아오다니 속으로 화들짝 놀란 인겸이는 당황스러웠다. 어찌 되려는지? 아무런 힘도 없고 오로지 축구로 단련되었으나 지금은 부상 중인, 몸 하나만 있는 자신에게 무슨 일이 일어나려고 이렇게까지 되는지 몹시 두려웠다.

"내가 다 알아봤는데요. 천 선수가 이번 대회에서 꽤 좋은 활약을 했는데 부상 때문에 18세 이하 국가 대표에서 빠진 것은 기본이고, 그러기 전에 연이은 의문의 사건이 있었다고 하던데 그 사건들이 다 뭔가요?"

"머리 아파서 쉬어야겠으니 어서 가세요."

인겸이는 스마트폰에 이어폰을 달아 귀에 꽂고 자리에 누웠다. 누워서 실눈을 뜨고 보니 기자는 갈 생각도 안 하고 옆 자리에 앉아 자기 스마트폰으로 뭔가를 하고 있다. 쉬어 봤자 몇 분도 못 배길 거라는 듯이 일어날 때까지 지켜 앉아 버린 것이다. 그래도 모른 척 시간을 보내다가 물리 치료 받을 시간 되어 물리 치료실로 가 버렸다. 물리 치료를 받으려면 한 시간 소요되니 그때까진 기다리지 못할 것이다.

입원한 지 보름이 지난 상태다. 생각해 보니 병원에 입원해 있을 필요가 없을 것 같았다. 깁스를 한 채로 퇴원해서 통원 치료 하는 것이 나을 듯하다. 통증이 없고 깁스 안쪽이 견디기 어렵게 가렵다. 사정을 알았는지 장욱이 의뭉하게도 옷걸이 철사를 펴서 긁는 것을 만들어 왔다. 깁스 속에 꽂아 긁어도 상처 내지 않도록 끝을 둥글게 말고 손잡는 곳도 편하게 만들었다. 혼자 있을 때 등을 긁기에도 요긴했다.

다치는 바람에 깜빡했는데 경찰서에서 연락이 왔다. 오토바이 사고 조사를 마치고 인겸이에게 몇 가지 조사할 게 있다고 오라는 통보였다. 부상당해 병원임을 알리자 형사가 찾아왔다.

"그날 천 군은 어디서 어디로 가던 길이었지?"

"시내 휴대폰 가게에 들렀다가 전철 타러 가던 길이었습니다."

"휴대폰 가게에 가기 전엔 B.YOUNG사 5번 물류 창고에서 있었다는 거고?"

"예."

"그날 창고에 무슨 일이 있었다는데, 무슨 일인가?"

"쌓아 놓았던 제품 박스가 무너졌습니다. 하마터면 제가 거기에 깔릴 뻔했죠."

"잘 알겠어. 사건이 좀 복잡해지는군."

형사는 더 묻지 않고 혼자 중얼거리듯 말해 놓고 조사한 결과는 한 마디도 하지 않고 가 버렸다. 피해자의 궁금증을 풀어 줄 생각은 아예 하지 않는 것 같았다. 인겸이도 그일에 대해 더 이상 묻고 싶은 생각이 없어졌다. 그 뒤로 또 반달이 지나도록 경찰서에서 소식이 없었다.

발등의 뼈도 붙은 것 같고 멍도 다 가신 것 같고 열도 나지 않는데 아직 깁스를 벗지 못하고 있었다. 발목이 아직 시큰거리기 때문에 깁스를 그대로 둔 것이었다. 처음 진단은 인대가 상한 정도가 심해서 차후에 수술이 필요할 것 같다고 했었다. 입원 한 달 만의 진단은 골절된 발등을 위한 깁스로 인해 인대도 잘 나아 간다고 했다. 한동안 물리 치료만 잘하고 조심하면 정상 회복될 것이라니 정말 다행이다. 물리 치료라고 해 봐야 뜨거운 찜질에 기구를 이용한 가벼운 발목 운동뿐이다. 발목용 찜질 팩 하나 사 들고 퇴원해서 치료해도 될 것 같다. 결국 답답함을 이기지 못해 깁스를 풀고 입원 한 달하고도 13일 만에 퇴원을 했다.

퇴원해 보니 기숙사에 많은 변화가 있었다. 신입생들이 들어오고 3학년 몇이 대학 팀과 프로 팀으로 떠났기 때문이었다. 다른 학교로 옮긴다던 오가 형제는 그대로 있었다. 전학이 복잡하고 사래고에 있어야 대표팀 상비 선수로 선출되기에 유리하다는 판단이었을 것이다.

인겸이가 쓰던 침대는 오제와 장욱이 곁에 맡아 두고 있었다. 기숙사에서 천인겸을 기다리고 있는 사람들이 있었다. 수린이를 비롯한 여학생들이 중심되어 천인겸을 사랑하는 모임을 만들어 생긴 천사모였다. 박수를 치며 꽃다발을 주고 왁자지껄 난리를 쳐 댔다.

"퇴원을 축하해. 최고의 축구 스타가 될 때까지 이제부턴 다치지 말 것."

그 바람에 기숙사 선후배들도 같이 퇴원을 축하해 주는 분위기가 되었다. 인겸이는 선배들이 몇 없어서 다행이지만 그 몇 남은 선배들께 보이기에 매우 민망했다. 더구나 천사모를 중심으로 후원 모금까지 했다고 전달해 주니, 괄한 불에 볼을 덴 듯이 화끈거렸다.

천사모를 보낸 다음 후원 모금을 꺼내 보니 천인겸 이름으로 된 예금 통장이었다. 어떻게 누가 인겸이 주민 번호를 알고 통장을 내었는지 궁금했다. 통장을 열어 보니 각자가 만 원 이상씩 입금했다. 그중에 안정숙이란 사람이 이백만 원을 보냈는데 천사모도 아니고 이름이 생소했다.

그게 누굴까 생각하고 있는데 귀에 바짝 대고 조용히 비아냥거리는 소리가 들렸다.

"축구를 잘했으면 얼마나 잘했고 고생을 했으면 얼마나 했다고 팬 동아리에 후원금씩이나? 호호호 축구 실력은 아마추어 바닥인데 연애질은 프리메라리가 정상급인가 봐."

고개를 돌려 보다 하마터면 오기만과 입을 맞출 뻔했다. 귓불에 입을 대고 비아냥거린 말이었다.

"하긴 피부가 가무잡잡하긴 해도 저 정도 빠진 얼굴이면 여자들 홀릴 만하지."

기찬이가 거들었다. 은근히 부아가 난 인겸이는 다들 듣도록 큰 소리로 말했다.

"엊저녁 꿈에! 돼지 두 마리가 꿀꿀대며 귀찮게 하더니! 꿈 용하네! 나 돼지 줄 밥 없다!"

모두 시선이 집중된 가운데 둘에게 눈을 하얗게 흘겨 주고 침대로 올라가 버렸다. 오제가 통쾌하다는 듯이 소리 없이 한껏 웃으며 엄지를 올려 보였다. 후원자들 대부분 만 원인데 이백만 원씩이나 후원할 사람이 누굴까? 안정숙이란 생소한 이름만으로 볼 때 나이가 많을 여성일 거라는 짐작이다. 축구화를 벌써 세 번째나 선물 보낸 사람도 어쩌면 같은 사람일 것 같다. 발이 자라서 축구화를 갈아 신어야 할 때쯤이면 용케 알고 새로 산 축구화를 보내 주었다.

오제를 비롯한 장욱과 축구부원들 대부분이 후원을 했다. 감독은 5만 원이나 했다. 오가 형제와 몇몇은 이름이 없었다. 마음 같아선 모두에게 돌려주고 도움 받지 않아야 한다. 혼자 힘으로도 건재하게 살아간다는 것을 보여 주고 싶다. 그러나 지금 자신의 상황이 너무 좋지 않다. 일단 후원금은 하나도 손대지 않고 견디어 보기로 마음을 굳혔다. 잘되면 늦게라도 되돌려 줄 생각이다.

인겸이는 기숙사에 돌아왔어도 당분간은 정상적으로 훈련할 수 없어 뜨거운 물을 동이에 담아 발을 담그고 온수 찜질을 했다. 잠자리에 들기 전에도 찜질 팩을 뜨겁게 해서 발목에 대었다. 팀원들이 훈련하는 시간엔 학교 체육관에서 물리 치료 겸 개인 훈련을 했다. 발목에 무리가 가지 않는 한도에서 하는 몸 살리기 트레이닝이었다. 허벅지 힘과 복근을 기르는 훈련을 주로 했고, 특히 지구력 훈련으로 러닝 머신을 두 시간 이상 질주하며 땀을 뺐다. 그러기 전에 사이클 머신으로 발목 물리 치료 겸 하체 트레이닝을 했다. 발목 운동도 적당하니 아주 좋은 방법이었다. 몸이

다시 만들어지기 시작하고 있었다.

돌발되듯이 인겸이의 마음을 뒤집어 놓는 일이 터졌다. 천사모 카페에 인겸이와 할아버지에 대한 글이 올랐던 것이다. 누군지 모르겠지만 그 내용을 보고 기가 막혔다. 발목을 다쳤을 때와는 비교도 못 할 만큼 분개했다. 누군지 모르지만 도대체 할아버지가 자기에게 무슨 피해를 끼쳤다고 그리 비방하는지? 인겸이로선 도저히 납득할 수가 없었다.

"천인겸 선수를 돕는 것을 신중히 생각해야 한다. 그는 지독한 공산주의자인 종북 좌파의 자손이기 때문이다. 그의 고조부와 증조부모는 6·25 때 빨갱이짓거리 하다가 아군에게 처형되고 그 조부 천도윤은 6·25 전쟁 휴전 뒤로 간첩질 하다 체포당해 20년간이나 옥살이를 했다. 국군에 입대하지 않고 인민군에 입대 6·25 내내 적으로 활동해 왔으니 사형시켰어도 마땅한 자였다. 대한민국은 그를 구제해 줄 방법으로 전향서만 쓰면 석방시켜 준다 했지만, 전향하지 않고 만기 출소한 지독한 빨갱이다. 천인겸 아비는 어느 회사에 노조 위원으로 허구 헌 날 파업에 데모질만 해 댄 종북 좌파다. 그러다 천인겸이 두 살 때 사고로 사망했다. 그 바람에 천인겸은 지독한 비전향 장기수 빨갱이 할애비 손에서 자랐다. 나도 각계에 후원 좀 하지만 천인겸을 후원하는 것은 결사 반대다."

할아버지는 일생을 이런 서러움을 당하며 사셨다. 아무런 관계도 아닌 사람들이 적대시하며 괴롭히는 세상에서 일생을 사신 것이었다. 할아버지의 일기에 보면 KBS 라디오 방송을 듣다가 밭에 나간 사이 '김삿갓 북한 방랑기'가 방송되었는데, 지나가던 꼬마들이 듣고 이북 방송을 듣더라고 신고하는 바람에 잡혀가서 며칠 간 조사를 받은 적도 있었다. 겨우 이 정도로 분노하지도 상심하지도 말자고 마음을 다스렸다. 비방 댓글에 대해 변명도 부인도 하기 싫었고 대응해 봤자 더 퍼져 나가기만 할 것이다. 할 수 있는 방법이라면 댓글 올린 자를 명예 훼손으로 고발하는 것밖에 없다. 고발하고 재판하고 하는 일들이 인겸이 자신을 소모시킬 일만 될 것이다. 대응을 하더라도 더 신중하고도 이성적으로 판단해야 할 필요가 있다. 그냥 남의 일처럼 여기는 것이 차라리 낫겠다. 어떻게든 빨리 건강을 회복하고 다시 축구장으로 돌아가는 것만이 자신을 위한 길이었다.

댓글이 오른지 일주일이 지났다. 할아버지에 대한 비방 댓글은 생각보다 피해가 크지 않았다. 인겸이를 빨갱이니 종북이니 하며 같이 비하하거나 나무라는 댓글은 더 없었다. 오히려 인겸이 대신 비방 댓글에 강력히 반박해 주는 글들이 많았다. 비방 댓글 자와 옹호 댓글 자 간에 논쟁이 벌어졌는데 비방 댓글이 수세에 몰리고 있었다. 옹호 댓글의 네티즌들이 아는 것도 많고 논리적이라서 비방 댓글을 무색하게 만들고 있었다. 그러나 인겸이는 옹호해 주는 네티즌들에게 고마움을 표하지도 않았고 어떤 반응도 하지 않았다. 인겸이가 나서면 또 종북 좌파가 선동질한다는 비방 댓글이 많아질 것 같았기 때문이다.

아기를 맡긴 후

    도윤의 부대는 옮겨지는 전선을 쫓아 강원도 양구 쪽으로 조용히 전진하고 있었다. 작은 언덕을 넘자 금방 비행기 폭격이라도 있었는지 피비린내와 화약 냄새가 진동한다. 언덕을 조금 내려가니 하얀 눈밭에 붉은 피를 흘리며 시신들이 널브러져 있다. 군인 시신은 보이지 않고 모두 피난민 시신이었다. 도윤은 모두 수습해 주고 싶으나 그럴 여유가 없다. 눈 먼지를 흩뿌려 대는 면도날 같은 바람결에다 정강이까지 빠지는 눈 속을 걸어가기도 힘들다. 가쁜 숨을 몰아쉬며 빠른 걸음이지만 조용하고도 조심스럽게 산기슭을 타고 내려가고 있었다. 아기 울음인지 고양이 소린지 조그맣게 들려와서 음산한 기운마저 들 때였다. 호기심 많은 영식이 소리 나는 쪽을 바라보았다.

"어? 잠깐만요."

못마땅해서 보려 하지 말고 그냥 가라 하려는데 이미 소리 내며 달려 나갔다. 함께 가던 군인들이 모두 후다닥 몸을 숨길 만한 엄폐물을 찾아 엎드렸다. 영식에게 시선이 집중되었다. 순간 도윤은 등골이 오싹했다. 전투 중에 소리를 내거나 개인 행동을 해서 아군의 위치를 노출시키면 최고는 총살까지 당한다. 영식이 그리 될까 순간 겁이 난 것이었다. 천진한 영식은 웃으며 무언가를 안고 달려왔다. 파란 강보에 쌓인 생후 백일은 넘어 보이는 아기였다. 도윤은 그 어머니가 어떤지 영식이 아기를 데려온 장소로 달려가 보았다. 여인은 이미 숨져 있었고 손에 아기 기저귀 보따리와 아기 백일 사진 한 장이 든 흰 봉투가 들려 있었다. 신기하게도 여인은 가슴과 등, 얼굴까지 피투성인데도 아기와 소지품은 깨끗했다. 사진사에서 오늘 받아 온 사진인지 아기에게 입혀진 옷이 사진 속의 옷과 똑같았다. 도윤은 기저귀 보따리와 사진을 챙겨 들며 대장의 눈치를 보았다. 다행히 작전을 이끌고 있는 대장이 영식의 행동을 문제 삼지 않았다. 그도 잠시 아기의 귀염에 빠져 자신의 아들 이야기를 중얼거렸다. 도윤은 귀여운 아기를 보며 생각했다.

'세상 누구나, 혹 전범이라 해도, 태어날 땐 이 아기처럼 귀엽고 천진했으리, 이런 아기에게서 어찌 죽고 죽이는 전쟁터가 생겼는지?'

아기를 예뻐하면서도 대장은 난감해 했다. 아기를 안고 행군하려니 아기 소리가 작전 수행에 방해되고, 아기를 함부로 죽게 버릴 수도 없고, 산간 지역에서 전투 중이니 아기를 맡길 마땅한 곳은 더더욱 없다. 아기가 오늘 작전의 애물단지였다. 전쟁터에서 발견된 고아가 한둘이랴만, 부대원이 모두 고민하고 있었다. 아기를 맡길 만한 곳이 도윤에게 떠올랐다.

"대장님 제게, 아기를 맡길 만한 곳이 있는데 다녀올까요?"

"게가 어데 간 기래요?"

도윤은 지도를 펼쳐 순덕이네 마을쯤 되는 곳을 가리켰다.

"여기 양구읍 덕곡리라는 곳인데 여기서 거리가 한 십 리쯤 되겠습니다. 요전에도 제가 이틀 신세진 집인데 거기라면 아기를 맡아 줄 것입니다."

"야이야~! 십 리라, 너무 멀구만기래."

"그보다 더 멀지도 모르는 데요?"

대장은 얼른 대답하지 않았다. 아마도 도윤이 아기 핑계로 탈영하지나 않을까 의심하는 것 같다. 그렇다면 무슨 말을 해도 하면 할수록 의심할 것이다. 포기하려는데 대장이 물었다.

"듣자 하니 천 동지는 병원 막사에 누구 있다던데 어떤 사이요?"

"이하경 중위와 정혼한 사입니다."

"기래요? 기리탐 아길 델다 맡기시오. 솔직히 내래 천동 질 탈령할까 의심했소."

대장은 아기를 한 번 받아 얼러 보고 도윤에게 넘기며 말했다.

"대신 오늘 안으로 부대에 복귀해야 하오."

도윤은 아기를 들여다볼수록 아기가 귀엽고 예뻤다. 기저귀 보따리와 사진까지 들고 아기를 안고 달리기 시작했다. 10리는커녕 지도에서 일직선으로 측량했을 때 10리였다. 구불거리고 오르내리고 산을 돌아가야 하는 길인 것을 계산하면 20리가 넘을지도 모른다. 더구나 전쟁 중에 신병안전도 유지해야 하니, 더디고도 멀고 위험한 길이었다. 부대원들과 떨어진 지 얼마 뒤 부대원들이 가는 쪽에서 전투 소리가 요란하게 들려왔다. 저절로 몸을 낮추며 뒤돌아보게 했다. 비행기 기총 소사에 포탄 날아가는 소리가 바로 도윤의 머리 위에서 나는 것처럼 들렸다. 눈에 보이는 건 하늘에서 도는 비행기 말고는 없었다. 비행기에 발각되면 죽은 목숨이다. 아기를 가슴에 안았으니 땅에 엎드릴 수도 없었다. 엉거주춤 나무 그늘로 들어갔지만 제대로 몸을 숨기지는 못했다. 차라리 어서 멀리 달아나는 것이 더 안전할지도 모른다. 몸을 낮추고 아기를 안은 채 되도록 그늘과 움푹한 곳을 골라 달렸다. 아기는 울다 지쳤는지 죽었는지 자는지 아무 소리가 없었다. 얼마를 달렸을까? 포탄 소리, 비행기 소리가 조금은 멀어진 듯한 곳에 닿았다. 그 자리에 주저앉아 숨을 몰아쉬었다. 온몸이 땀투성이다. 땀이 식으니 이젠 몹시 춥다.

도윤의 배에서 꼬르륵 소리가 났다. 벌써 점심때를 훌쩍 지나친 거였다. 춤에 비상식량이 있지만 먹지 않을 것이다. 아기도 젖을 빨지 못해 지쳐서 울지도 못하고 있다. 도윤은 자신의 배고픔쯤은 내일 부대로 돌아갈 때까지 못 먹어도 견딜 수 있다. 문제는 아기다. 도윤의 상식으로 아기는 하루에도 몇 번씩 젖을 물려 배를 채워 주어야 건강하고 보채지도 않는다. 추위와 굶주림에 장시간 노출되면 숨을 거둘 수도 있다. 등에 업은 총의 무게보다 가벼울 것 같은 아기를 가슴에 안고 도윤은 달리고 또 달렸다. 달리다 전투 소리가 아주 멀리 들리는 마을을 지나게 되었다. 대여섯 채의 집이 띄엄띄엄 있는 외진 산골짜기 마을이었다. 혹시라도 아기 젖 동냥할 만한 아낙이 있는지 두세 집을 들러 사람을 불러 보았다. 아무리 전쟁 중이라지만 산골짝 마을에 그럴 만한 집이 있을 법도 했기 때문이다. 인기척이 없는 것을 보니 피난을 떠난 집들이었다. 마지막으로 가장 윗집에서 주인을 부르니 늙수그레한 촌부가 나왔다. 염치 불구하고 사정 이야길 꺼냈다.

"아기 때문입니다. 이 마을엔 아기 젖을 줄 만한 부인 안 계신가요?"

노부는 도윤이 안은 아기를 들여다보고 어쩔까 고민하는 듯하더니, 손가락으로 집들이 보이지 않는 왼쪽 골짜기를 가리키며 말했다.

"저 우이 고라댕이 집이 언나 있서."

"감사합니다."

도윤은 노부에게 꾸뻑 절을 한 다음 뒤도 돌아볼 것 없이, 정강이까지 빠지는 눈길을 달려 올라갔다. 삼백여 미터쯤 올라가니 너와 지붕이 약간 보였다. 도윤은 길인지 밭두렁인지 가릴 것 없이 노루 뛰듯이 뛰어 올라갔다. 싸리나무로 엮은 대문을 무조건 밀어붙이며 들어갔다.

"계세요? 아주머니 계세요?

너와 지붕의 고드름에서 떨어지는 물이 뒷목에 떨어져 흘렀다. 아기 얼굴에 물이 떨어질까 상체를 구부려 등으로 가렸다. 삐비빅 쩔그럭 소리가 나도록 방문이 활짝 열렸다. 비교적 나이가 많아 보이는 아낙이었다.

"아기가 추위와 굶주림에 죽을 지경입니다. 젖 좀 먹여 주시면 평생 복 받으실 겁니다."

아낙은 얼른 나오며 팔을 벌려 아기를 안고 방으로 들어가 문을 닫아 버렸다. 아낙은 방문을 닫고 도윤에게 말했다.

"울 언나 아바지가 일가서요… 많이 추니깐 정지에 드서 기다레요."

도윤을 마루에 두기 민망했던지 부엌으로 들어가라는 말이었다. 길가 쪽으로 난 부엌은 나무판자로 가림막을 쳐 놓았으나 한데나 별 차이가 없었다. 방금 군불을 땠는지 아궁이에 불길이 남아 있다. 곁의 장작 하나를 불에 더 올려놓았다. 아기가 있는 집이니 겨울에 냉골로 있을 수는 없었을 것이다. 도윤은 아궁이에 언 손을 뻗어 댔다. 왼쪽 엄지손가락이 동상에 걸려 이내 근질거리고 아프다. 아침부터 눈길에 빠진 발가락은 아예 감각도 없다. 흠뻑 젖은 군화와 바짓단에서 김이 올라왔다. 비상식량을 꺼내 먹으려다 도로 넣었다.

얼굴이 불기운에 녹으며 얼얼하고 졸음이 오려고 할 즘 방문이 열렸다.

"언나 잠들었소 지저구 울 언나 거루 갈아 줬소. 이건 내래 빨아 쓸가니 기냥 가소."

"감사합니다. 이 은혜 잊지 못할 겁니다."

아기는 강보 속에서 입맛을 다시며 잠들어 있었다. 아기를 감싸 안은 도윤은 아낙에게 또 허리 굽혀 인사하고 달리기 시작했다. 왔던 길에서 마을의 북동쪽 길로 내달렸다. 어렵게 젖을 먹이고 나니 아기가 더 특별하게 사랑스러워졌다. 그냥 아기를 안고 아늑한 곳에 안착해서 전쟁 없는 땅에서 살았으면 좋겠다는 상상까지 해 본다.

산간의 겨울은 날이 빨리 어두워진다. 겨우 순덕이 있는 마을로 드는 골짜기에 닿았는데 이미 사방이 어두웠다. 흰 눈이 반사하는 빛이 길을 다닐 만하게 돕는다. 눈 위에 찍힌 발자국이 보이니 길을 찾은 셈이다. 그 발자국을 따라 올라가는 것이 최선의 길이었다. 종일 먹지도 않고 달렸더니 아무 데나 주저앉고 싶다. 오르막 넘어 조금 내려가다

보니 먼 불빛이 별빛처럼 보인다. 어둑어둑하지만 불빛만 봐도 그 집임을 알 수 있다. 싸리 대문이 익숙하다.

"순덕 씨! 어르신!"

'삐익' 하며 부엌문이 열렸다. 어둑해도 내다보는 순덕이 겁먹은 얼굴이 보였다. 흰 한복 차림에 산발한 머리로 어둠 속에서 나오니 섬뜩할 만큼 괴기하다.

"순덕 씨, 나요. 지난 초겨울에 여기 머물렀던 천도윤이요."

깜짝 놀랐는지 당황한 것인지 순덕은 잠시 서서 도윤을 바라보았다.

"오마! 날래 들오소."

정신을 차렸는지 자신이 먼저 방문을 열고 들어갔다. 도윤을 얼른 따라 들어가 아기를 아랫목에 내려놓았다. 아기를 안고 긴장해서 그런지 팔과 어깨가 뻐근했다. 순덕이 등잔불 심지를 올려 방 안을 더 밝히고 아기를 보았다.

"웬 햇아요? 도윤 씨 언나요? 아 재양스러요."

"눈밭에 널브러진 시신들 속에서 우는 걸 구조했는데 그 엄마는 숨졌고요. 아기에게 미음이라도 좀 먹여야 하는데 어쩌죠?"

"젖은 없고 뭐로 언날 멕이나? 감재 으깨나?"

말을 하며 부엌으로 나가더니 잠시 후 삶은 감자가 담긴 바가지를 들고 들왔다. 삶은 감자를 도윤에게도 주고 하나를 으깨 조밥 숭늉에 묽게 타서 아기 이유식을 만들고 있다. 도윤은 미처 생각 못 한 방법을 생각해 낸 순덕이 기특하다. 나들이 가셨는지 순덕의 아버지가 보이지 않아 아까부터 궁금했다.

"어르신께선 어디 가셨어요?"

순덕은 도윤을 빤히 보다가 윗방 샛문을 열었다.

"어!"

등잔불이지만 방 한쪽에 차려진 것이 상청임을 알 수 있었다. 방금 올렸는지 상식에 수저를 꽂아 두고 있었다. 충격에 잠시 멍했다. 순덕이 먼저 입을 열었다.

"… 돌아가셨어요."

"돌아가시다니? 보시는 것 말고는 다 건강하셨던 어르신인데."

믿어지지 않아 중얼거리며 순덕을 보았다. 순덕은 만든 이유식을 아기에게 떠먹이며 고개를 들지 못하고 울먹이고 있었다. 도윤은 놀랍기도 하고, 낭패이기도 해서 몹시 혼란했다. 아무리 앞을 못 본다지만 그만큼 든든한 가장도 드물 것이다. 순덕에게 그만한 큰 버팀목이 있어야 아기를 맡기기도 쉽다. 순덕이 소복 차림인 것을 보고도 눈치도 못 챈 자신이 얼마나 우둔한지, 순덕의 상심을 헤아리지 못한 자신이 부끄러웠다. 상청 앞에 큰절을 두 번 올리고 순덕 앞에 다소곳이 조아렸다.

"미안하군요. 얼마나 상심 크시오?"

순덕은 대답 없이 아기를 먹이는 일에만 열중했다. 무거운 침묵이 흘렀다.

"까닭을 여쭤도 되겠오?"

한참 만에 도윤이 기운 빠진 소리로 물었다. 아기는 양이 차도록 다 먹었는지 떠 넣는 음식을 도로 입 밖으로 뱉어 냈다. 남은 것을 옆으로 밀어 놓고 아기 입 주변을 닦아 준 순덕은 도윤에게 얼굴을 돌렸다.

"이번 난리가 아바지를 저황 없게 했사요. 리북 군은 반동 아제비 내노라고 꺼시게 다그치고, 이남 군은 빨개이 오라비 내노라 양악스레 닦달하고…."

거기까지 말한 순덕은 흐느끼느라고 손으로 입을 막고 말을 잇지 못했다. 한참 뒤 진정한 순덕이 대략 전한 말은, 순덕 아버지는 6·25 전까지만 해도 눈이 좀 안 좋을 뿐이었지, 시신경이 살아 있어서 웬만한 것은 다 보았었다. 아들이 전사한 뒤로 급격히 시력이 떨어져 갔다. 거기에 이남 군으로 간 동생마저 행방불명이 되어 충격이 가중되었다. 아예 시력을 잃고 밝은 귀에 의지해 버티고 있었다. 그 무렵에 도윤이 다녀간 거였다. 도윤이 다녀간 얼마 뒤, 이북 군 잔병들이 지나가며 동생의 군복 사진을 문제 삼아 주인을 닦달했다. 반동의 집구석이 인민군 동지의 집이라고 거짓말했다며 아버지를 괴롭혔다. 태우려고 몰아 놓았던 아들의 군복 사진을 찾아 내놓고서야 겨우 위기를 모면했으나, 정신적 충격은 이만저만이 아니었다. 그러나 그것은 며칠 후에 벌어질 비극에 비하면 아무것도 아니었다.

믿을 수 없는 현실에 충격을 받아 아들 사망 신고를 미처 하지 못한 것이 화근이었다. 이남 군의 서북청년단이란 특수 부대가 찾아와 빨갱이 아들 숨기지 말고 당장 내놓으라 다그쳤다. 아들은 죽었다고 말해 줘도 믿지 않고 막무가내였다. 살아 있어도 집에 있을 턱이 없는 아들을 내놓으라며 괴롭힐 작정이었던 것이다. 순덕에게도 오라비를 어디 숨겼냐고 겁박했다. 집 주변을 죽창과 장도로 들쑤셔 대며 뒤졌다. 그들은 아버지에게 매질까지 하며 닦달해 댔다. 죽은 아들을 어떻게 내어 놓겠냐 항변하자 인정사정 없이 주먹과 발길질을 가했다. 무서워 떨며 울고 있던 순덕이 울부짖으며 아버지를 몸으로 막아 같이 맞고 나서야 그들은 폭행을 멈추었다. 순덕은 '마을 사람들에게라도 확인해 보라! 사람을 이렇게 때리는 게 사람이 할 짓이냐? 차라리 죽여라'라고 울부짖었다. 그들은 맹인과 연약한 여인의 말을 믿어 줄 만한 귀도 가슴도 없는 자들이었다.

그 일을 겪은 후 순덕 아버지는 매로 입은 상처도 매우 깊은데다, 마음의 상처는 넋을 잃을 만큼 깊었다. 식음을 전폐하고 앓기만 하던 아버지는 나흘 만에 세상을 떠나고 말았다. 이야기를 듣던 도윤은 너무 억울했을 순덕 아버지를 위해 울지 않고는 견딜 수 없었다. 굶주린 자신이 무단 침입했을 때 아무 거리낌 없이 거두어 준 순덕 아버지였다. 도윤에겐 생명의 은인이라고 할 수 있다. 소리 없이 흐르기 시작한 눈물이 흐느껴졌다.

"순덕 씨를 내가 뭐라 위로할 말이 없어요. 이놈의 전쟁. 그놈의 이념과 체제와 권력이 다 뭐기에 이토록 무구한 사람들을 죽이며 전쟁을 한단 말인지."

흐느끼며 현실에 대한 넋두리만 나왔다. 이런 세상에서 어떻게 하면 좋을지 답답하고 암담할 뿐이었다. 하염없는 눈물이 흘러 나왔다.

"언나가 순뎅이오. 제우 고것 먹고 보채잖고 잠들었소."

도윤이 눈물을 진정하고도 한참 만에야 아무 일도 없었

던 것처럼 순덕이 입을 열었다. 도윤도 정신을 차리고 아기를 어찌할 것인지 결단을 해야 했다. 도로 데려갈 수도 없고 순덕이 맡을 수도 없으니 다른 데 맡기는 수밖에 없었다.

"나는 오늘 안으로 부대에 들어가야 합니다. 순덕 씨께 미안한 부탁할게요. 아기를 예배당이나 절에 데려다 줘요. 예배당이나 절에선 전쟁 고아를 맡길 곳을 알 거예요. 그곳에 전쟁 끝날 때까지만이라도 맡겨 달라 하세요. 전쟁이 끝나고 내가 살아 있다면 반드시 아기를 찾으러 갈 겁니다."

아기를 부탁하다 보니 방바닥에 아직도 순덕에게 내놓지 않은 기저귀 보따리가 보였다.

"이건 아기 기저귑니다. 낮에 한 번 갈아 주었을 뿐이니 아마 지금 갈아 줘야 할 겁니다. 그리고 여기 백일 사진이 아기 아빠를 찾는 데 도움이 될 것이니, 맡기는 곳에 잘 보관해 달라고 부탁해 주세요."

순덕은 착한 아가씨였다. 그 전쟁 통에 자신이 살아남기도 벅찰 텐데, 낳아 보지도 않은 아기를 순순히 맡아서 도윤의 부탁대로 해 주마 했다. 약빠른 자들이라면 그녀를 지능이 모자란 사람으로 취급할 것이다. 하지만 모자란 건

인정미 없는 인간들이라고 도윤은 생각한다.

순덕이 아기를 받아 주자 서둘러 그의 집을 나와 뒤도 돌아보지 않고 달렸다. 순덕에게 미안한 마음을 충분히 전할 겨를이 없었다. 그런 말치레보다 이 전쟁이 끝날 때까지 반드시 살아남아 은혜를 꼭 갚으리라고 다짐했다. 날이 많이 어두워져 부대로 복귀할 길이 막막했다. 밤새도록 헤매어도 반드시 복귀하려고 부지런히 걸었다.

도윤은 짚가리 속에서 설잠을 털고 일어났다. 밤길을 고생하며 부대가 주둔했던 장소에 당도했으나 급히 떠난 흔적만 있었다. 무작정 부대를 찾아 헤매야 할 사정에 처한 것이었다. 피곤한 것은 둘째고 눈과 땀으로 젖은 옷을 말려야겠는데, 밤엔 불을 피울 수도 없었다. 매서운 칼바람에 동사 직전이었다. 궁여지책으로 천수답 논배미에 쌓아 놓은 매우 커다란 짚가리를 찾았다. 짚가리 속에 파고들어 보니 생각보다 온화했지만 추위를 다 면할 수는 없었다. 혹한의 새벽 바람이 살갗을 벗기려는 듯이 아리게 후린다. 짚가리 속에서 추위와 싸우느라 뜬눈으로 지새웠다. 견디다 못해 여명이 보이기 전에 짚 두 토매를 빼내어 깊숙한 골짜기로 내려갔다. 눈이 쌓이지 않고 으슥한 반 동굴을 찾아 불을 피웠다. 연기만 없다면 하늘에서도 잘 보이지 않을 곳이었다. 짚을 태우는 불은 빨리 타 버리지만 꽤 괄다. 재빠르게 젖은 옷과 신발을 벗어 불 속에 넣었다 빼며 대강 말리고 재빨리 다시 입었다. 한결 낫지만 잠시뿐이었다. 손가락, 발가락은 이미 감각이 없고 볼이 트는지 아프다. 이대로는 얼마 못 견디고 곧 동사할 것이다. 어쩔 수 없이 칼바람 속을 헤치며 산 아래 마을을 찾아 내려갔다.

미명에 연기를 피우는 굴뚝이 보였다. 순덕의 집처럼 산간의 집이었다. 주변을 살피며 살금살금 다가가 뒤꼍으로 내려가 부엌 뒷문을 소리 없이 열었다. 방금 밥을 지어 들여갔는지 아궁이엔 잉걸불이 남아 있다. 가마솥 소댕을 열기 위해 바른손은 소댕 손잡이를 잡고 왼손은 소댕 가장자리에 대었다. 가장자리에 댄 손의 반대쪽부터 들어 올리면 소리 들리지 않게 열린다. 희고 뜨거운 김 한 뭉치가 솥을 빠져나왔다. 안에 숭늉과 누른 밥이 끓고 있다. 옥수수와 조를 섞어 지은 밥솥에 감자를 함께 삶은 것을 냄새로 알겠다. 자신도 모르게 나무 주걱으로 솥바닥을 문질러 놓고 쪽박으로 퍼서 벌컥벌컥 들이켰다. 구수한 숭늉과 함께 눌은밥을 맛있게 삼키는데 목덜미에 차가운 쇠붙이가 닿아 움찔 놀랐다.

"꼼짝 마라. 움직이면 쏜다."

낮은 목소리가 단호하다. 뒤를 돌아볼 수가 없지만 건장한 사내가 권총을 도윤의 목에 대고 있다. 왼손에 총을 들고 있지만 되돌아 쏠 틈이 없다. 오른손으론 쪽박을 든 채 엉거주춤하니 서 있을 수밖에 없었다.

"천천히 총과 바가지를 부뚜막에 내려놓고 두 손 머리 위로 올려! 수작질하면 죽는다."

권총을 댄 사내의 목소리와 다른 목소리인 것을 보니 상대가 한 사람이 아니었다. 시키는 대로 할 수밖에 없었다. 총과 바가지를 내려놓고 두 손을 머리위로 올려 깍지를 끼었다.

"돌아서 천천히 뒤꼍으로 나간다."

돌아서니 부엌 안에 두 명이 있고 뒤꼍에 두 명이 더 있었다. 모두 도윤에게 총을 겨누고 있다. 둥근 철모를 쓴 것을 보니 이남 군이다. 천천히 밖으로 나가며 생각하니 도윤은 이젠 죽은 목숨이었다. 밖에 나가자마자 여럿이 달려들어 도윤을 눈 위에 엎어뜨렸다. 팔을 뒤로 꺾어 짓누르는 바람에 언 눈에 광대뼈를 짓찧었다.

"흐읍!"

저절로 비명 소리가 입에서 새어 나왔다. 긴 밧줄로 두 손을 뒤로 모아 단단히 묶고 양쪽 팔꿈치 위를 묶었다. 묶이면서 살펴보니 이남 군은 열 명도 넘는 부대였다. 큰 부대가 이동하기 전에 앞장 나선 첨병들인 것 같았다. 그들이 도윤을 발견하고 숨어서 도윤의 동선을 파악한 다음 미리 매복하고 기다린 것이었다.

도윤은 취조실에서 혼절했다. 정신을 차렸을 땐 얼마 만에 깨어난 것인지 종잡을 수 없었다. 알고 보니 하루 낮과 밤을 훌쩍 넘긴 뒤였다. 이야기를 들어보니 깨우려고 머리에 찬물까지 부었지만 깨어날 듯이 움찔거리더니 다시 꼼짝도 않더라고 했다. 갈빗대가 상한 것인지 숨을 들이쉴 때마다 쓰큿쓰큿 마친다. 이마의 상처가 심했던지 몹시 고통스러워 만져보니 거즈를 붙여 놓았다. 너무 심하게 찢어져서 꿰맨 것 같았다. 소독약도 없이 막 꿰맨 자리가 덧나지 않을까 걱정이다.

자신을 가둔 곳이 지하실에 임시로 마련한 감옥이었다. 바닥엔 거적을 깔았을 뿐 덮을 것도 없었다. 한데보다는 온화한 곳이 지하라지만 한겨울 날씨엔 지하의 효력이 별로 없었다. 도윤 말고 두 명이 더 있는데, 서로 몸을 기대어 체온을 나누고 있었다. 도윤도 조용히 그들 옆으로 붙어 앉아 그들이 주는 체온을 받았다. 그들도 무슨 일이라도 당해서 많이 고통스러운지 가는 신음 소리만 낼 뿐 말이 없었다.

하루 한 번 창문으로 넣어 주는 주먹밥 하나 받아먹으며 도윤은 자신을 언제 죽일지 어서 죽이기만을 기다렸다. 그렇지만 여러 날이 가도 다른 변화는 일어나지 않았다. 먹는 것이 시원찮아서 그런지 상처도 더디게 아무는 것 같다. 그냥 창틈으로 들어오는 빛을 보고 낮과 밤을 가릴 수 있다는 것 뿐 짚어 가던 날짜도 놓쳐 버렸다. 그렇게 어둡게 폐쇄된 공간에서의 생활이 계속되었다. 날이 갈수록 들어오는 포로가 많아진다는 것이 유일한 변화다. 사람이 많아질수록 실내의 추위가 조금씩 누그러지는 것은 그나마 다행이었다.

날짜가 얼마나 지났을까? 이번 겨울은 너무 길고 날이 사납다. 눈비바람이 전쟁을 겪는 민초들의 삶과 상처를 더에어 내고 있을 것임을 지하에 갇혀서도 알 것 같다. 포로가 된 지 얼마나 지났을까? 새로 들어오는 포로들이 전하는 정보로는 전투 상황이 삼팔선 부근에서 서로 밀고 밀리는 공방전 양상이라 한다. 어서 전쟁이 끝나기만을 기다리는데 쉽게 끝날 것 같지 않아 안타깝다.

이른 새벽인데 문이 열리더니 갇혀 있던 지하의 포로들을 모두 끌어냈다. 처형시키러 가는지 포승줄로 굴비 엮듯이 모두를 엮어 대형 미군 트럭 짐칸에 태웠다. 그동안 지하의 인원이 많아져 대형 트럭 짐칸이 빼곡했다. 트럭은 한없이 어둠 속으로 달렸다. 훤히 날이 밝아도 속도를 줄이지 않고 부지런히 달린다. 짐짝처럼 트럭이 튀는 대로 모두 들썩거리며 서로 부딪는다. 형장이 어디기에 전선과 먼 곳으로 달리는지 꽤 멀리 오래 달리고 있다.

아버지의 백일 사진

인겸이는 힘 있고 돈 많은 이들이라도 친해서 나쁠 것은 없다고 생각했다. 하지만 할아버지 일기를 보면 할아버지는 자본이 사람을 망가뜨린다고까지 하며 경제 제일주의를 멸시했다. 할아버지 역시 건전하고 성실한 기업이라면 존중하지만, 주가 상승을 위해 환경 파괴와 같은, 공공 자산의 위해 사업까지 부추기는 주주들을 좋아하지 않았다. 또한 돈의 힘을 남용하여 약하고 무고한 사람들의 재산권을 침해하고도, 그 위에 군림하여 제왕 노릇하며 해치는 악덕 기업주라면 절대적으로 좋아해선 안 될 일이라 했다. 또 그런 자들과 결탁한 정치인이라면 민중의 힘으로 배척해야 한다고 일기에 쓰셨다. 민중의 힘이란 물리적인 폭력이 아니라 투표를 말씀하신 거였다. 할아버지의 뜻에 대부분 동의하고 있다. 반면에 기득권들은 할아버지를 종북이다 빨갱이다 피해망상자다 모함했다는 것이다.

광화문 광장에 촛불을 든 사람들은, 할아버지처럼 억울한 일들을 부당한 권력으로부터 바로잡으려는 사람들일 것이다. 함께 촛불을 들고 싶지만 지금은 마음만 응원해야 한다. 혼자인 자신은 어떤 일보다 프로 선수가 되어 민생고를 해결함이 우선이다. 단순히 호구지책의 해결이 아니다. 축구는 자신의 생리요, 사회에 존재하기 위한 도구이기 때문이다.

실로 오랜만에 경찰서 형사에게서 연락이 왔다. 녀석이 인겸이를 해치려 했다는 증거가 불충분하여 기소에 실패했다는 거였다. 자신도 인겸이가 누군지 알지 못한다고 했다는 거였다. 그쪽에서 변호사로 대응하는 바람에 더 어렵게 되었다고 한다. 주변에 CCTV도 없고, 이렇다 할 목격자도 없으니 녀석의 주장과 인겸이의 이야기를 반반 적용하면 그냥 교통사고밖에 되지 않는다고 했다. 형사는 오히려 인겸이보다 녀석이 크게 다쳤고 오토바이도 손상되었으니 그냥 넘어가자고 했다. 사건을 종결하겠다는 뜻이었다. 하지만 녀석은 분명히 인겸이를 해칠 목적이었다. 그 녀석이 누군지 자신을 왜 해치려 했는지 알려 주지도 않았다. 신분을 알려 주는 것도 피의자란 확증 없인 인권 침해라고 했다. 반드시 알아내어 바로잡아야만 안심할 일인데 어렵게 되었다. 인겸이도 변호사만 내세웠다면 이런 결과가 나오진 않았을 것이다. 돈 없고 배경 없는 자의 서글픔이다. 이후로 인겸인 늘 불안해서 되도록 외출을 조심하게 되었다.

오기만이 인겸이에게 밖에서 따로 조용히 만나자고 연락했다. 꼭 할 말이 있으니 카페에서 기다린다는 것이었다. 늘 불안했던 인겸이는 되도록 나가지 않으려고 기만이의 요청을 거절했다. 그런데 다시 이번엔 기찬이가 전화를 했다.

"야! 두둔발! 우리가 한 가지 묻고 중대한 걸 말해 주겠다는데 왜 못 나온다는 거야?"

"중대한 것? 개뿔이나 니들이 내게 말해 줄 중대한 게 뭐가 있어?"

인겸이의 퉁바리에 오기찬이 짜증을 섞어 오기를 부린다.

"하~! 이 자식 봐라. 박문수와 관련된 이야기라면 알겠냐?"

말하는 태도나 박문수를 드는 내용이 아주 거짓말은 아

닐 듯도 했다.

"정말이지? 문수 형 이야기 아니면 니들 가만 안 둘 거야?"

"하이 참. 짝퉁 속옷만 입고 살았나? 왜 그렇게 의심이 많아? 빨리 나와!"

"그럼 조금 기다려 장욱이 데리고 나가마! 요즘 나 혼자선 외출을 못 해….."

장욱에게 비밀 지키기로 다짐하고 함께 나오라 했다. 샤워 중인 장욱을 데리고 가려니 세월아 네월아 해찰 부리는 바람에 30분이나 늦게 나갔다.

2층까지 사용하는 커피 전문점은 빈 자리가 별로 없을 정도로 호황이었다. 오가 형제는 한갓진 2층 귀퉁이 자리에서 이미 다 마신 커피 잔을 앞에 두고 앉아 있었다.

"미안하다 너무 기다리게 해서."

인겸이는 오가 형제가 지루했을 것 같아서 인사치레부터 했다.

"니들이 웬일이냐? 이런 디서 인겸일 부르구?"

장욱이 비아냥거리듯이 말하며 인겸이 옆에 다리를 꼬고 앉았다.

"넌 다른 자리에 앉아 줄래? 인겸이에게 긴히 해 줄 말이 있어서 그러는데.”

기만이가 장욱이 못마땅한지 냉정하게 말했다. 장욱은 인겸이를 응시하더니 벌떡 일어나 다른 테이블로 가서 앉았다.

“박문수에 대해 할 말이 뭔데? 어서 말해 봐.”

“그보다 이걸 한번 꺼내 봐.”

기찬이가 재킷 주머니에서 빳빳한 흰 엽서 봉투를 꺼내어 내밀었다. 그것이 무엇인지 의아한 눈으로 오가 형제를 살펴보며 받았다. 봉투 안엔 사진 한 장 들어 있는 것 같았다. 얼른 열어 사진을 본 순간 인겸이는 놀랍고 어이없었다.

“이건 우리 아버지 어릴 때 사진인데 왜 니들이 가지고 있어? 내 가방을 뒤진 거야?”

도령 한복을 입힌 아기의 누런 흑백 백일 사진이 분명히 인겸이가 지닌 단 한 장 아버지 사진이었다. 오가 형제는 그럴 줄 알았다는 듯 서로 눈을 맞추며 웃음을 짓고 있다.

“그걸 왜 우리가 뒤져 가? 없어졌으면 박문수가 그랬겠지.”

기만이가 짜증을 냈다.

“네가 한 장 더 지니고 있다면 똑같은 사진이 두 장이 되는 것이지.”

기찬이가 기만이의 말을 거들었다. 인겸이는 무슨 말인지 이해가 안 되어 잔뜩 찌푸린 얼굴로 오가 형제를 째려보았다.

"이 사진은 우리 당할아버지가 가지고 계신 것을 몰래 가져 온 거다. 언젠가 똑같은 사진을 너도 갖고 있는 것을 봤다. 혹시 똑같다면 네가 우리 당할아버지의 친손자일수도 있다는 생각이다. 다시 말하면 박문수는 가짜라는 말이지."

설명하며 다소 흥분되는지 기만이 목소리가 높아졌다. 인겸인 떨리는 손으로 사진을 다시 들여다보았다. 틀림없이 아버지의 사진이 맞다. 하지만 아버지가 이 회장의 아들이라니 말도 안 되는 상상이다. 그건 돈에 미친 자들이나 할 수 있는 상상이다. 비록 돈이 아쉬워 아르바이트까지 하는 인겸이지만 그렇게 미칠 정도는 아니다. 자신을 가난하다고 놀리기 위해 이런 짓까지 꾸미는 오가 형제에게 당할 수는 없었다. 자리에서 벌떡 일어나 삿대질하며 일갈했다.

"나쁜 놈들, 내가 그렇게 쉬워 보였냐? 가난하다고 이런 식으로 남의 가방까지 뒤져서 놀려? 앞으론 내게 말도 붙이지 마라. 네놈들하고 다신 상종 안 하련다. 이 사진 내

거 맞으니까 가져가마!"

"뭐? 놀리다니? 자식, 피해망상이냐 자격지심이냐?"

"진짜로 그거 당할아버지가 갖고 있던 사진이야, 인마!"

기만이는 앉은 채로 올려다보며 인겸이의 말에 어이없다는 표정으로 대꾸하고, 기찬이는 답답하다는 듯 벌떡 일어나 상기된 얼굴로 소리쳤다. 인겸이는 더 듣고 싶지 않았다. 사진만 들고 장욱에게 손짓하며 급히 카페를 나왔다.

"가서 네 짐 가방이나 열어 봐 인마! 사진 있으면 우리 말 믿어질 거다!"

기찬이가 인겸이의 뒤에 대고 소리쳤지만 인겸이는 들은 척도 안 했다. 이따위 장난하려고 남의 가방이나 뒤지는 것들은 사람 대우를 하지 않겠다고 주먹을 쥐었다.

"인겸아! 뭔 일이간 그려? 나는 알면 안 되는 겨?"

장욱이 따라붙으며 물었다. 인겸이는 사진을 내밀었다. 장욱이 사진을 받아 들여다보았다.

"틀림없이 우리 아버지 아기 때 사진은 맞아. 할아버지께서 남겨 주신 사진이거든."

인겸이의 목소리는 몹시 화가 나서 보통 때와 다르게 떨렸다.

"그런디 이 사진을 왜 쟤들이 갖구 있어?"

"자식들이 나를 놀리려고 가방까지 뒤져 갔나 봐. 말로는 뭐? 지들 당할아버지 이주동 회장이 갖고 있던 사진이라나? 그래서 박문수 형은 가짜고 내가 이 회장 진짜 손자일거란다. 내 참 기가 막혀서, 가난한 고아니까 나를 깔보고 놀리는 짓거리잖아. 상종 못 할 것들."

인겸이의 이야기를 듣던 장욱이 인겸이의 얼굴을 물끄러미 보고 있다. 인겸이가 자신의 볼을 만지며 물었다.

"왜? 내 얼굴에 뭐 묻었니?"

장욱은 도리질하며 침착한 소리로 인겸이에게 말을 꺼냈다.

"같은 사진이 또 있는지도 모르지, 니 가방부터 뒤져 봐. 혹시라두 걔들 말이 사실일지."

"야! 너도 쟤들하고 짰냐? 무슨 사실? 개뿔, 영화 찍니? 박문수가 그런 사기를 쳤다고? 또, 이 회장이 바본가? 손자를 찾는데 유전자 검사도 안 해 보겠냐? 누가 뭐라 해도 나는 할아버지 천 도 자 윤 자님의 손자요 천 요 자 섭 자님의 아들이야."

"허긴, 돼지들이나 사기 치지 문수는 그럴 애가 아니지…. 그래두 한번 잘 뒤져 봐."

장욱의 권유가 아니더라도 다시 점검하는 차원에서 가

방을 정리해야 할 것이다. 녀석들이 가방을 뒤졌다면 사진 말고 또 없어진 것이 있을지도 모른다. 물품이라 해 봤자 가방 하나뿐이니 정리랄 것도 없다. 할아버지 일기를 포함, 중요한 물건은 도서관 위탁 사물함이라도 임대해서 넣어 둘 생각이다. 모든 일상과 용품을 정리 정돈하며 숙고하자고 기숙사로 걸음을 재촉했다.

기숙사에 오가 형제가 먼저 와 있었다. 못 본 척 외면하고 자리에 드는 인겸이를 기찬이가 따라오며 말했다.

"맹세코 우린 네 가방 뒤져 보기는커녕 만져 본 일도 없어. 그 사진이 네 사진 맞다면 문수가 훔쳐다 당할아버지께…."

"그만 둬! 제발, 니들이 나를 놀리려다 안 되니까 이젠 문수와 나를 이간질하니?"

인겸이는 기찬이의 말을 잘라 버리며 큰 소리로 벌컥 쏴붙였다. 오기찬은 멍하니 입을 벌린 채 답답하다는 표정을 짓다가 냉정해진 얼굴로 기숙사를 나갔다. 그의 뒤통수를 째려보던 인겸이는 한숨을 쉬며 침대에 누워 버렸다.

아주 깊은 잠을 잤다. 마치 하룻밤 죽었다 깨어난 것 같다. 마음 편한 숙면은 보약이라던 할아버지의 말씀처럼 몸이 가볍고 기분도 날아갈 것 같다. 일찍 일어나서 오랜만에 새벽 운동장에 나갔다. 다른 축구부원들도 나와 고된 새벽 훈련을 시작했다. 인겸이는 몸을 푸는 정도로 운동장 몇 바퀴를 달렸다. 시큰거리던 발목도 아직 자유롭게 돌릴 만큼은 아니지만 그리 불편하지는 않다. 셔츠가 땀에 젖도록 뛰고 있을 때였다.

"두둔발! 우리 좀 보자!"

감독과 함께 운동장 가장자리 의자에 앉아 이야기를 나누던 사래고 축구부 코치가 인겸이를 오라고 불렀다. 돌던 운동장을 마저 돌아가서 코치 앞에 다가가 인사했다. 감독은 몇 번 바뀌어서 서먹하지만 코치는 인겸이가 병원에 있을 때도 몇 번이나 찾아올 만큼 익숙한 사이다.

"발목 좀 괜찮아졌니?"

훈련할 땐 지독한 잔소리꾼이던 코치가 이럴 땐 친한 형처럼 다정한 말투다.

"게임에 임할 만큼 좋아지려면 조금 더 지내야 되요."

"그래도 그만하니 다행이구나. 몸 잘 만들고 있어라. 대학에서도 너를 눈여겨보는 팀이 여러 곳이다."

용기를 내라고 말해 주는 것이지만 프로 팀이 아닌 어디도 반갑지 않았다. 대학은 등록금이나 숙식비를 체육 특기생 장학금으로 다 채울 수 없고 또 다 해결한다 해도 기본 생활로 드는 비용이 클 것이다. 더구나 대학생이 되면 곧 성인 나이가 된다. 성인이면 나오던 기초 생활비도 끊길 수 있는 것을 생각해 두고 있다. 학자금 대출이 된다지만 빚이다. 할아버지는 빚을 두려워해야 한다고 했다. 축구 하나만으로 연봉을 계약하고 기본 생활은 자유로울 수 있는 곳이어야 한다.

코치와 대화를 하는 동안 묵묵히 듣고만 있던 감독이 입을 열었다.

"우선 몸이나 잘 회복해라. 지난번 대회 때 내가 너 뛰는 것을 지켜보았잖니. 너 정도면 충분히 좋은 곳에서 활약할 기회가 올 거다. 이번 18세 대표 팀도 네가 빠진 것이 큰 손실이 될 거라고 생각한다."

감독은 인겸이의 진가를 안다는 말을 간접적으로 말해 주고 있었다. 이런 감독이 국가 대표를 맡으면 인겸이에게도 좋았을 것이라고 생각되었다.

운동 후 샤워를 하고 속옷을 갈아입기 위해 가방을 열었다. 꽤 오랫동안 세탁을 하지 않아 양말이 대부분 신었던 것이었다. 수건과 속옷은 운동하고 늘 함께 빨기 때문에 빨랫감으로 쌓이진 않는다. 그러나 따로 빨아야 하는 양말과 재킷, 바지 등은 쌓일 때가 많다. 기숙사에 공동으로 사용하는 세탁기는 두 대밖에 없어서 자주 사용되는 편이다. 운동하고 나면 모두 샤워를 하고 벗은 옷을 단체로 빨기 때문이다. 신었다 벗어 놓은 양말들을 내놓고 입었던 바지와 재킷의 주머니를 모두 뒤졌다. 바지 주머니에서 잔액이 얼마 남지 않은 지하철 카드와 열쇠가 나오고, 재킷에서 지갑과 오가 형제로부터 찾은 아버지 사진이 나왔다. 사진을 보자 물품 정리까지 하겠다던 생각이 났다. 여태껏 일기장 사이에 끼워 두었던 사진과 함께 보관하려고, 가방을 밀어 두고 할아버지의 일기장 보따리를 풀었다. 오래 묵은 책에서 나는 곰팡이 냄새가 코를 문지르게 했다. 사진이 몇 장 안 되는 데다 고서처럼 엮어 만든 일기장들이라서 어느 권에 들었는지 표 나지 않았다. 설마 오기만 형제가 사진들을 모두 빼내 가진 않았을 것이라고 생각하며, 가장 오래된 일기장을 들추자 사진들이 바닥으로 쏟아졌다.

"어?… 이건!"

그때 인겸이는 자기 눈을 의심했다. 바닥에 쏟아진 사진과 자신이 들고 있는 사진이 똑같기 때문이었다. 얼른 집어 두 사진을 대 보았다. 누렇게 바랜 흑백의 색동 한복을 입힌 아기 사진이 또 한 장 있었다. 아기 표정도 입힌 옷도 자세도 배경도 빛이 누렇게 바랜 흑백도 모두 똑같은 사진

이다. 그렇다면 돼지 형제의 말이 맞았다는 것인가? 다시
한 번 두 장의 사진을 대고 비교해 보며 몸을 부르르 떨었
다. 얼른 사진들을 모아 책갈피에 끼우고 가방에 넣었다.
아무도 보는 이 없어서 다행으로 여겨졌다. 지금 당장에
사진을 들고 이 회장을 찾아가 밝혀 봐야 옳겠지만 내키지
않았다. 만약, 이주동이란 사람이 할아버지의 일기에서 느
낀 할아버지와 원수지간인 그 사람이라면 싫다. 더구나 민
철이란 이름 지어 귀천 따지며 자신에게 옹이를 박아댔던
이 회장과 자신이 혈육 간이라면, 인겸이는 꿈이라 해도
두렵고 싫다. 귀천 따지는 이 회장에게 사진을 돌려주기도
싫다. 장욱이나 돼지 형제가 알게 되는 것도 싫다. 사진을
가지고 진실을 말해 주려던 오가 형제에게 믿지 않고 화낸
것을 사과할 일도 문제다. 차라리 덮어 버리고 자신만 아
는 절대 비밀로 하자고 다짐했다.

　인겸이는 만약 오가 형제가 같은 아기 사진이 또 있던
것 아니냐고 따지면, 지난번에 본 사진이 가져온 그 사진
이라고 우기면 그만이라고 생각했다. 그런데 취직 자리를
찾아 며칠 돌아다니며 자신도 모르게 생각이 달라졌다. 이
회장을 직접 찾아가 사진도 돌려 줄 겸, 취직 자리를 다시
부탁해 보는 것이 괜찮겠다는 생각이다. 아니, 그보다 사

진에 대한 진실이 궁금해졌다. 돼지 형제가 자신의 사진을 가져다 복사해서 장난질하는 것일 수도 있다. 정말 회장의 아들 사진이 맞는지, 또한 이주동 회장이 할아버지의 일기 속의 그 이주동인지 확인하고 싶었다. 회장이 6.25 전쟁 때 아기를 어떻게 잃은 건지 밝혀질 것이다.

B.YOUNG 그룹을 찾아온 인겸이는 프런트에서 막혔다. 미리 약속하지 않았으면 외부인은 들어갈 수 없다고 안내를 맡은 직원이 진입을 막았다.

"제가 회장님의 잃어버린 아드님에 대해 전해 드릴 말씀이 있다고 전해 주세요."

프런트 직원은 인겸이의 행동이 어이없다는 듯이 웃으며 머리를 흔들었다. 인겸이는 안타깝고 답답했지만 좋은 방법이 떠오르지 않았다. 전화를 해 봤자 비서가 받아 차단할 것이고 회장실까지 찾아가고 싶지만 그 길 역시 막혔다. 그렇다고 종일 매복할 수도 없는 노릇이다. 회장의 승용차 둔 곳을 찾아 그 곳에서 기다리고 있으면 만날 것이다. 하지만 B.YOUNG 그룹 주차장만도 어마어마해서 회장의 차를 어디 두는지 알 수 없다. 어쩌면 몇 시간을 돌며 찾아도 찾지 못할지도 모른다. 하는 수 없이 돌아서 화장실 가는 척하고 엘리베이터에 사람들이 타고 문이 닫히려는 순간 재빨리 뛰어들어 탔다.

"이봐! 이봐!"

안내원이 소리치며 쫓아왔지만 엘리베이터는 이미 문이 닫히고 올라가고 있다. 일단은 성공이다. 그러나 경비실에서 그냥 있지 않을 것을 계산에 넣었다. 일부러 두 번을 갈아타며 27층 엘리베이터에서 내렸다. 막 비서실에 들어가려는 순간 경비원 복장의 건장한 사내들 셋이 우루루 달려들어 인겸이를 잡아챘다. 양팔과 뒷덜미를 잡힌 채 속수무책으로 질질 끌려 나가고 있었다.

"회장님! 아드님 사진 가지고 있습니다! 천인겸이 뵙고 드릴 말씀이…."

목덜미를 잡은 사내가 입을 틀어막는 바람에 소리가 다 나가지 못했다. 복도 끝 엘리베이터 앞에서 엘리베이터를 불러 놓고 잠시 기다리고 있었다.

"저기요! 그 학생 들여보내라 하십니다. 회장님께서요!"

비서실 여성이 쫓아 나오며 소리쳤다. 사내들이 얼른 놓아 주자 인겸이는 옷깃을 털어 대며 사내들을 아래위로 훑어 째려보았다.

"흥! 어디라고 나를 함부로 대해?"

말하며 빠른 걸음으로 회장실 쪽으로 갔다. 잠시 비서실에서 대기하고 있다가 회장실로 들어섰다. 공손히 인사하며 머리를 조아렸다. 회장은 무엇이 못마땅한지 잔뜩 화난 얼굴로 인겸이를 째려보다가 자리에서 벌떡 일어섰다. 누가 이주동 회장을 90세 노인네라고 할까? 꼿꼿한 허리나 힘이 이글이글한 눈동자를 보면, 아침마다 축구장에서 축구를 한다는 소문이 거짓은 아닐 것 같다.

"니 따위가 뭔디 내 아들을 들먹이메 난리쳐? 엉? 우리 민철이랑 즘 안다구 고렇기 함부루 나대지 말라구 내가 했냐 안 했냐? 엉?"

"그러게요. 그런데 회장님, 이 사진이 누구 사진인지나 아세요?"

안주머니에 따로 준비했던 사진 한 장만 꺼내 회장 앞에 내밀었다. 네가 내놓는 것이 뭐 별것이겠냐는 듯이 쳐다보지도 않고 중얼거렸다.

"니늠이 가진 사진을 내가 알어서 뭣이다… 어?"

무심코 사진을 스치던 눈길이 사진에 꽂혀 멈추었다. 회장은 눈이 커지며 얼른 사진을 채었다.

"니, 니늠이 워찌 이 사진을 갖구 있는겨?"

회장은 금방 얼굴색이 붉그락푸르락 변하며 자신의 테이블 서랍을 뒤졌다. 서랍에서 손에 들기 꼭 좋은 수첩만

한 앨범을 꺼내어 열어 보더니 사진을 끼워 넣고 인겸이를 째려봤다.

"이늠아 온제 오티게 여길 들와 갖구 끄내 간 겨?"

이젠 회장과 말 좀 할 기회를 얻은 것이다. 여유롭게 할 말 다 하리라고 작정하고 입을 열었다.

"제가 꺼내다니요? 그게 아니에요, 저도 그와 비슷한 아기 사진을 가지고 있는데, 기만이 형제가 그 사진을 보고 회장님 사진과 똑같다고 생각한 모양입니다. 한번 대 보라고 제게 가져온 것입니다. 옛날 흑백 아기 사진이야 다 그게 그 판이니 똑같게 보였겠지요."

"아니 이늠들이?… 내가 조카딸 자식이라구 이뻐했드니 이젠 함부루 내 서랍까장 뒤져 엉뚱헌 짓거릴 허구댕기네? 이늠들을 내가 당장…."

노기 탱천한 회장은 인터폰을 눌러 비서를 불렀다. 아무리 화난 회장 앞이지만 주눅 들기 싫어서라도 배짱으로 입을 열어 말했다.

"그러게 너무 문수, 아니 민철이 형에게만 사랑 주지 마세요. 기만이 형제가 얼마나 서운했으면 민철이 형이 가짜 손자이길 바라겠어요? 그러니 사진을 보고 그런 생각까지 했겠죠. 제가 회장님께 사진 돌려드린 것을 그 애들에겐 말하지 마세요. 제 입장 곤란하니까요.”

회장은 들어온 비서를 그냥 내보내고 화를 새기며 인겸이 말을 들어 주었다. 그 틈에 인겸이는 질문을 할 수 있었다.

“그런데 민철이 아버지께서도 6·25 전쟁 때 행방불명 되셨나요?”

“우리 민철이 애빈 민철이 할머니가 데리구 친정 가다가 폭격 맞어서 할머닌 죽구 애긴 잃어진겨. 그 폭격을 같이 당허구두 살어서 온 사람이 그러는디 우리 애길 북괴군이 디려갓다더라구. 근디 그 애가 북한으루 안 가구 살어서 남한서 민철이를 낳았지. 참으루 하나님 은혜여 부처님 자비여 천지신명께서 내 기도를 들어주신겨…. 그런디 너, ‘민철이 아버지께서도’라니? ‘도’가 뭐여? 오디 그런 사람이 또 있간?”

“저희 아버지께서…. 아닙니다. 그냥요. 그보다 회장님 고향은 어디세요?”

회장은 인겸이의 질문에 짜증이 나는지 한쪽 눈썹이 치켜 올라가다 한참 뜸을 들이더니 참고 입을 열었다.

“고향이라, 충청돈디 시방은 잃어진 마을여. 상감이란 곳이여. 상.감.마.을.”

회장은 아련한 무엇인가를 떠올리는지 한숨짓듯 말을 중간에 길게 빼다가 무겁게 떼어 던졌다. 이쯤이 회장실에서 나가야 좋을 순간이었다.

"그럼 저는 이만, 아 참! 회장님, 제가 발을 다쳐서 병원에 입원하는 바람에 회장님께서 애써 마련해 주신 일자리를 잃었습니다. 매우 송구합니다만 한 번만 더 제게 기회를 주세요. 그 은혜는 영원히 잊지 않겠습니다."

최대한 공손히 머리를 조아리며 부탁했다. 말을 하는 순간 아주 잠깐 회장의 얼굴에 회심의 웃음기가 보였다가 사라졌다.

"그럼 넌 내가 허라는 일이면 다 헐 거냐?"

"시간만 맞고 다른 사람에게 피해를 끼치는 일이 아니면 하겠습니다."

"알었다. 내가 마련허구서 연락허마. 즌화번호나 냉겨놔."

인겸이는 얼른 회장석 위에 있는 메모지에 자신의 이름과 폰 번호를 적어 놓았다.

"고맙습니다! 고맙습니다."

인겸이는 연신 허리를 꺾어 인사하며 회장실을 나왔다. 기분이 썩 좋은 건 아닌데 왠지 웃음이 나온다. 거리엔 벚

나무가 팝콘 같은 꽃봉오리를 틔우고 있다.

맞았다. 이주동 회장이 할아버지의 일기에 나오는 그 이주동이다. 그 이주동의 아들인 아기를 사지에서 구해다 길렀다. 말하자면 할아버지는 이주동 일가의 원수가 아니라 은인이었다. 어떻게 이런 일이 있을 수 있는지? 영화라 해도 너무 작위성이 강하다는 비평을 면키 어려울 만큼 우연이라기엔 너무 억지다. 인겸이는 크게 잘못된 이 일을 현실로 받아들이기 싫었다. 이주동 같은 이가 자신의 할아버지일 수 있을까? 생각하기도 싫다. 자신이 헛물켜는 짓처럼 보일 것 같아서 더 싫다. 둘을 놓고 비교할 필요도 없이 자신에겐 가난한 천도윤 할아버지뿐이다. 또한 비교한다는 자체가 천도윤 할아버지에겐 모독이다. 자신은 천인겸일 뿐이다. 사람들이 이 일을 알면 그런 자신의 마음을 이해도 못 하고 믿지도 않을 것이다. 거부인 할아버지를 두고, 가난하고 사회에서도 버려진 할아버지를 고집하는 것은 가식일 거라고 생각할 것이다. 그래서 더 오기 같은 마음이 생긴다. 사회가 버린 할아버지이기에 손자라도 지켜야 할 것이다. 천하디 천한 천인겸이기 위해 이 일을 영영 밝히지 않고 덮어 둘 것이다.

이 회장은 인겸이 할아버지 천도윤을 죽마고우로 여기

지 않고 있는 것 같았다. 이 회장은 할아버지와 아직도 전쟁 중인지도 모른다. 70년이 다 되는 일인데 그 감정을 가지고 있다면 심각한 트라우마일 것이다. 그래도 할아버지의 일기를 보면, 이북 군에게 잡혀 죽게 될 이주동 회장을 구해 주었는데 어떻게 그럴 수 있는지? 그것을 이북 군이 알면 할아버지까지 온전하지 못할 상황이었다. 그런 위험을 감수하고 구해 주었는데 어쩌면 이주동 회장이 할아버지를 오해하고 있겠다는 생각이 든다.

공포의 거제 포로수용소

도윤은 거제 포로수용소에 수감되었다. 거제도로 온 지 벌써 1년이 넘어가고 있다. 거제 수용소는 바다로 에워싸인 거제도에서도 산으로 에워싸인 골짜기였다. 섬이기 때문에 경비병이 많지 않아도 탈출이 거의 불가능한 천연 수용소다. 수용소는 수십만 명을 수용할 수 있는 어마어마한 규모다. 총 363만 평(1,452만㎡)으로 처음 3년은 수용소 내에 포로들이 경작할 땅까지 마련될 정도였다. 그 안에 60, 70, 80, 90 등의 숫자를 붙여 구역을 나누고, 한 구역에 여섯에서 여덟 개의 동을 두고 그 동마다 수십 개의 막사를 두었다. 규모가 한 동에 오천 명에서 육천 명씩 수용하도록 계획되어 있었다. 구역 중 60구역이 중앙 계곡을 차지하고 나머지 열세 구역은 동부 계곡에 나누어 배치되었다. 미군은 수용소를 지원할 수 있는 비행장, 항구, 보급창, 발전 선박, 병원, 도로, 탐조등을 수용소 가까이에 설치하여 운영하고 있었다.

수용소 안에 설치된 각 생활 필수 조건은 매우 열악하지만 구색이 갖추어져 있었다. 우선 먹어야 하니 많은 인원이 먹을 음식을 장만할 임시 취사장이 각 동마다 설치되어 있었다. 초대형 가마솥이 여러 개 걸린, 흙과 돌을 쌓아 마련한 아궁이가 양쪽으로 길게 마련되어 있었다. 여러 개의 아궁이가 양쪽에서 불을 뿜는 취사장의 여름은 지옥처럼 뜨거울 것이라고 상상했다. 나무로 삽처럼 만든 대형 주걱과 작대기에 꿰어 단 바가지국자도 매우 인상적이었다. 바가지국자는 주로 죽을 풀 때 사용했다. 조달받는 조개탄으론 땔감이 턱없이 부족했다. 그 부족한 땔감은 포로들이 주변 산에서 직접 마련하여 보충하고 있었다. 그래서 늘 취사반은 바빴다. 사람이 워낙 많고 그 인원이 먹을 밥을 조달해야 하는 자체가 큰 노동이었다. 취사라고 해 봤자 주먹밥 하나씩 하루 두 끼도 제대로 주지 못했다.

무엇보다 용변 처리가 불편했다. 막사 뒤쪽 한갓진 곳에 엉성하게 설치한 화장실이 몹시 불편했다. 아무 방향에서나 소변을 보면 가운데 배관으로 빠져나가게 된 깔때기

형의 둥근 소변기는 그런대로 괜찮았다. 문제는 대변이었다. 어느 동은 깊고 길게 구덩이를 파고 그 위에 사다리를 걸쳐 놓은 듯이, 두 개의 긴 널빤지에 나무판자를 마디마디 붙인, 사다리 형의 발판을 아무 데나 딛고 올라앉아 용변을 보게 되어 있었다. 구덩이에 변이 다 차면 흙으로 덮고 다른 곳에 또 구덩이를 파서 옮겼다. 어느 동은 평지 위에 자른 드럼통들 늘어놓고 그 위에 나무 발판을 올려놓아 변을 받았다. 아무라도 용변을 보는 옆에 앉아 함께 볼 수 있는 길고 헐렁한 변기였다. 잘못 앉으면 변이 드럼통 사이 땅으로 떨어졌다. 칸막이도 가림막도 없이 바지 내리고 쭈그리고 앉아 근심을 풀도록 되어 있었다. 여성 포로들이 멀리 떨어진 구역에 따로 수용되어 가능한 일이었다. 여성 포로들의 화장실은 어떤 구조로 되었을지 설마 남성들처럼 해 놓진 않았을 것이다. 남성끼리라 해도 수줍은 성격의 포로들은 처음엔 몹시 불편해 했다. 그러나 누구도 이틀만 지나면 적응하고 아무렇지도 않게 사용했다.

빨래와 샤워는 계곡에서 하는데 도윤이 처음 들었을 때는 계곡물이 탁하진 않았다. 한때는 식수로도 사용할 만큼 맑았던 물이라 했다. 그러나 포로가 늘어날수록 물은 탁해지고 부족했다. 어떤 땐 빨래하기도 안 좋을 만큼 냄새까지 고약했다. 면도를 하고 세면할 때가 가장 불편한데, 도윤은 수염이 빨리 자라는 편이다. 다행히 우물이 따로 있어서 식수 걱정은 안 했다. 도윤의 상처는 수용소 생활에 익숙해지는 것과 거의 비례해서 호전되어 이젠 많이 나았다. 먹는 것도 시원찮은데 회복되는 것을 보면 자신의 몸이지만 신기했다.

도윤은 두 달이나 지나서야 포로들을 중앙 계곡과 동부 계곡으로 나누어 수용하는 이유를 깨달았다. 이남 출신과 이북 출신으로 가려서 수가 적은 이남 출신을 동부 계곡에 수용하고 있었다. 모든 포로가 이북 군이니, 당연히 이남에 남기를 싫어할 줄 알았으나 아니었다. 이미 부산의 거제리 포로수용소에서부터 출신별로 갈등이 심했다. 도윤은 그 거제리 수용소를 거치지 않고 거제도로 왔기에 모르고 있었다.

둘로 갈라 수용된 양측은 날이 갈수록 사상적 정체성이 상반되게 갈렸다. 이북 출신들이 지내는 구역엔 공산 포로의 수용소처럼 공산주의 이념이 완강했고, 이남 출신들이 지내는 구역엔 반공 포로의 수용소처럼 반공주의가 압도해지고 있었다. 이북 출신 포로들은 애초에 공산주의 사상으로 무장된 군대였으니 모두 그럴 수밖에 없겠지만, 이남 출신 포로들은 공산주의가 무엇인지도 잘 모르거나, 공산주의를 싫어하지만 의용군에 강제 징집된 자들이 많았다. 그 속엔 공산주의 사상이거나, 도윤처럼 이승만 정권에 대한 원한으로 스스로 인민군이 된 자들도 꽤 있었다. 그러나 이남 출신들 안에서 공산주의 세력은 매우 약했다.

남과 북 포로들의 갈등은 이념이었다. 이념의 문제는 과시도 소속도 이권도 아니었다. 두 거대한 포로 집단은 그 사상이 체제에 악용되고 있었다는 것을 훗날까지 깨닫지 못한다.

도윤이 지내는 막사는 동부 계곡의 중앙에 위치한 60구역의 36동이었다. 이남 출신이기 때문이다. 도윤은 처음엔 남과 북 출신을 따로 놓는 것부터가 잘못이라고 생각했다.

미군은 이미 부산 거제리 수용소에서 둘로 갈라지는 것을 부추겼던 것 같다. 곧 전쟁이 끝나고 포로 교환이 있을 것이란 정보를 미군 측에서 흘렸다고 한다. 포로들 모두를 이북으로 보낼 예정이라는 내용이었다. 모두 보내야만 이북 군에게 잡힌 미군 포로들을 모두 돌려받을 수 있다는 거였다. 포로 개개인이 바라는 대로 해 주자는 제네바 협정을 위반하려는 것이었다. 이북 당국이 원한다고 이북 출신 포로들은 찬성했으나 이남 출신 포로들은 대부분 반대였다. 집이 이남이니 당연히 이남에 남는 것을 원했다. 이북 출신 포로들이 이들을 보고만 있지 않았다. 이남 출신 포로들을 반동분자라고 강하게 비판하며, 반발하는 이남 출신 포로를 집단 폭행했다. 이 일을 이남 출신 포로들로선 도저히 덮어 둘 수가 없었다. 포로수용소를 관리하는 미군 측에 항의했다. 폭력을 쓴 자의 처벌을 요구하며 재발 방지를 위해 조처해 달라고 요청했다. 그러나 미군 측은 아무 반응도 하지 않았다. 오히려 이북 출신 포로들의 횡포만 더 심해졌다. 당하고만 있을 수 없게 된 이남 출신 포로들도 집단 대항을 시작했다. 서로 물리적으로 치고 박고 집단 싸움이 벌어져 많은 포로가 다쳤다. 그래도 미군은 모르쇠로 일관했다.

이북 출신 포로들 중에 과격하게 앞장서는 자가 있는데, 그 이름이 이학구라는 자로 이남 출신 포로들 사이에서 알려졌다. 이북 군 중좌였던 그는 직속상관인 대좌를 쏘고 미군에 투항한 자였다. 그런 자를 미군이 특별 대우 하지 않고 일반 포로와 같이 수용한 것 자체가 의문이었다. 소좌로 강등된 이학구는 이북 군 포로들부터 자신의 과오에 대한 이미지를 만회하려는지, 누구보다 극렬하게 반공 포로 탄압에 앞장섰다. 이해할 수 없을 정도로 피를 튀기며 표독하게 반공산주의자를 때려잡았다. 이북 출신 포로들은 계급이 높고 사상이 투철한 이학구의 명령을 불평불만 없이 따랐다.

어느덧 거제 포로수용소에 수감된 포로가 15만 명이 넘었다. 수용소에서도 세 번째 구역이 거의 다 채워지고 네 번째 구역을 준비 중이었다. 그러다 보니 이남 출신이라고 무조건 이북 출신들과 멀리하는 사람만 있는 것은 아니었다. 또, 이북 출신이라고 무조건 이남 출신을 반동분자로만 보지 않는 이도 있다. 15만 명의 포로들이 어찌 이남과 이북처럼 딱 두 가지 성향만 있을까?

도윤이 수용소 생활을 하며 사귄 포로가 김도상과 황주태였다. 둘은 다른 포로보다 도윤과 마음이 맞는 편이었다. 상주가 집이라는 김도상은 도윤과 같은 막사에서 지냈다. 억양이 강한 경상도 말씨라서 처음엔 잘 알아듣지 못했다. 가깝게 지내다 보니 차츰 알아들을 수 있었다. 황주태는 도윤과 같은 부대 소속인데 거제 포로수용소에서 만났다. 이북 출신이라서 서로 다른 동에서 지내지만, 반가움에 둘이 자주 만나자고 동 밖에 장소와 시간을 약속했다. 거의 매일 약속 장소에서 일부러 만나게 되었다. 황주태와 도윤처럼 동 밖에서 만나는 포로들이 많았다. 동 밖에서 만나 이야기를 나누며 서로 정보를 얻는 일이 포로들의 유일한 즐거움이다. 제기차기, 자치기, 새끼줄로 허리에 감아 당기며 상대 중심 무너뜨리기, 상대와 마주서 두 손을 마주쳐서 밀거나 손을 빼어 넘어뜨리기, 모래밭에서 씨름하기, 돼지 오줌보에 바람을 넣어 만든 공으로 축구하기 등등, 젊은이들의 모임이니 즐겁게 할 놀이도 많지만, 산발적이고 대부분은 운동하면 더 배고프다고, 서넛에서 예닐곱 명씩 모여 이야기를 나누거나 서리해 온 입담배나 나눠 말아 피우는 정도였다. 마당놀이처럼 같이 어울리는 때가 간혹 있으나 단체 모임으로 집회할 때가 대부분이었다.

춥고 배고픈 수용소에도 어느덧 4월이 되었다. 거제도는 비교적 기온이 따듯한 남쪽이라서 주민들의 논엔 이미 모내기를 시작하는 곳도 있었다. 도윤의 몸은 완전 회복되어 몸이 가벼웠다. 겨울 산에서 얼어 죽지 않고 견딘 몸이다. 무엇이든 자신 있고 누구보다 동작이 빠르다는 것을 느꼈다. 이젠 자유만 찾으면 되는 것이다.

이북 출신 포로들은 부산시의 거제리 수용소부터 시작한 '해방동맹' 결성을 완성, 강화했다.

"우리 인민해방군답게 조국의 품에 안길 때까지 일치단

결하여 투쟁해 나갑시다.”

결성식을 하던 날 나섰던 이학구의 발언이었다. 그 해방동맹 조직을 이남 출신 포로들이 모른 척 보고 있을 수만은 없었다. 이북 출신들로부터 자주 공격당하는 처지다 보니 이에 대한 대비를 해야 했다. 이에 이관순이란 포로가 해방동맹에 대항할 ‘대한반공청년단’을 부랴부랴 결성했다. 주민 모내기를 도우려고 모인 포로들 사이에 반공 포로도 결집하자는 말이 오갔다.

“요즘 반공주의 사람들이 공산당에게 많이 당하고 있습니다. 그렇다고 억지로 공산주의를 하는 척해도 이내 적발되어 맞아 죽습니다. 우리는 개인의 자유가 속박되는 공산당을 찬성할 수 없습니다. 공산당을 반대하는 사람들이 단단히 뭉쳐야 삽니다.”

공산주의 포로들보다 세는 많이 약하지만 뭉치는 반공 포로들의 숫자도 만만치 않았다. 처음 며칠 간은 백여 명뿐인 것 같더니 얼마 뒤엔 만 명 가깝게 불어났다.

도윤은 어느 쪽도 선뜻 가입할 수 없었다. ‘해방동맹’에 가입하고 싶었으나 그리되면 한 막사에 지내는 자들과의 갈등이 더 심해지고, 그들의 경계가 도윤에겐 매우 부담스러운 일이었다. 그렇다고 자신의 정체성을 버리고 ‘대한반공청년단'에 가입하는 것은 자신을 배반하는 일로서 상상조차 하기 싫은 일이다. '같은 전우끼리 갈라져 싸우는 것이 싫다'는 말로, 양쪽의 권유를 거절하며 어정쩡하니 그냥 투명인간처럼 지내고 있었다. 그러다 보니 도윤의 막사에서는 도윤에게 친하게 대하는 포로가 김도상 말고 없었다. 그렇다고 도윤을 함부로 대하는 포로도 없다. 그만큼 도윤의 풍모가 어엿하고 사리 분명하게 언행을 했기 때문이다. 도윤은 언제 어떤 일이 벌어질지도 모르는 포로수용소이기에 늘 긴장했다.

이북 출신 포로들이 미군을 상대로 포로들의 처우 개선을 위한 투쟁을 하겠다고 알렸다. 그 투쟁에 적극적이냐 소극적이냐를 두고 개개인의 사상성을 가늠하고, 자신들의 옥석을 가릴 생각도 계산된 일이었다. 그런 계산은 상대적으로 반대편의 감정도 자극하게 마련이었다.

도윤은 빨래를 하려고 이북 출신 포로들의 동 앞을 지나가고 있었다. '포로들 처우 개선의 요구는 정당한 것이라'는 큰 목소리가 들려서 잠깐 멈추고 그쪽을 보았다. 꽤 정립된 공산주의 이론으로 군중을 설득하는 능력이 대단한 연설이었다. 도윤도 그의 논리가 빈틈없이 옳다고 인정했다.

"우린 모두 먹고 먹어도 배가 고픈 젊은 청년입니다. 그런 우리들에게 매번 주먹밥과 강냉이 죽이 뭐랍니까? 그것도 하루 두 끼니를 먹기도 어려우니 아무리 포로라지만 이건 아니잖습니까? 또한! 화장실부터, 세면장까지 어디 더러워서 살겠습니까? 우릴 사람이 아니고 돼지로 생각하는 것 같습니다! 이러한 처우는! 바로 재작년인 1949년 8월에 서명 체결된! 전쟁 포로의 보호를 위한 제 3차 제네바 협정을 어긴 것입니다! 이에 우리는 이대로 있어선 안 될 것입니다! 우는 아이가 젖 한 번 더 물 수 있는 것입니다! 여러분! 우리가 말하지 않고 가만히 있으면 이 전쟁이 끝나는 날까지 이런 짐승 대우를 개선해 주겠습니까? 하루라도 빨리 처우를 개선시킵시다! 동지 여러분! 다 함께 일어나 나갑시다!"

연설을 마치자 이번엔 구호를 외쳤다.

"아메리카 미합중국 군대는 제네바 협정을 준수하라!"

"준수하라! 준수하라! 준수하라!"

모든 군중이 따라서 구호를 외쳤다. 구호가 일사불란하게 한목소리인 것은 좋으나, 포로 대우는 제네바 협정 준수하라면서 포로 교환은 무시하고 모두 북으로 보내라 한다. 이율배반적이다. 거기까지 듣던 도윤은 발길을 돌려 빨래터로 향했다. 도윤이 생각해도 포로들은 돼지 같은 생활을 하고 있다. 아니, 돼지는 그래도 먹을 것이나 충분히 먹는다. 더러움도 돼지보다 덜하지 않고 굶주림까지 생각하면 돼지보다 못한 삶일 것이다.

해방동맹원의 주장에 도윤도 절대 공감한다. 그 말대로 돼지보다 취급받지 못하는 현재 상황을 바로잡아 처우 개선만 되도 얼마나 좋은가? 자기 개인의 이익이나 안위를 위한 것이 아닌, 모두를 위한 것이니 그를 따라야 당연하다. 그러나 이남 출신 포로들은 아무 반응을 보이지 않았다. 오히려 이북 출신들을 미친 것들이라고 욕하는 자도 있었다. 이관순 같은 자는 미국에게 잘 보이지 않으면 망할 일밖에 없다고까지 했다. 그들은 제주 4.3 사건과 여순 군인 봉기 사건도 모두 미군에 반항해서 그랬다고 생각하는 자들이었다. 이승만 정권과 미군정이 왜곡하여 방송한 내용을 그대로 주장했다. 이번 전쟁에서 보도 연맹원이라고 수많은 양민을 학살한 일을 아는지 모르는지? 그런 것은 일체 함구하고 있다. 그 피해자인 도윤으로선 이남 출신은 이승만 정권과 한편이라는 생각밖엔 이해가 되지 않았다. 제대로 알고 있다면 동조하지는 못하더라도 공산주의를 함부로 욕하진 않을 것이다.

이북 출신들과 이남 출신들의 갈등은 적대 감정으로 치달았다. 이북 출신들이게 이남 출신 포로 몇 명이 '반동 놈의 새끼들'이라고 욕을 먹으며 얻어맞아서 부상이 심했다. 또 이남 출신 포로들은 빨래하러 가서 만난 이북 출신 포로 두 명을 치도곤 냈다고 신나서 자랑했다.

"웬수는 외나무다리서 만난다카더만, 빨개이 두 놈이 옹골치게 걸려가 손 좀 봐 줬으니끼네 다신 우릴 함부로 모할 끼다."

무용담처럼 폭력을 자랑하자 듣던 포로들이 한 마디씩 거든다.

"걔들도 복수하려고 하지 않을까?"

"지덜이 우덜을 먼저 때렸잖여."

"그래도 알수 윲제 암디나 함부루 나다니면 안 될 텐께 오디 갈라면 한치 행동허드라고."

곁에서 이야기를 듣던 도윤은 답답했다. 도대체 무엇 때문에 한 민족끼리 미워하고 적대시해야 하는지? 평생 씻지 못할 원한을 사게 하는지? 조물주에게 저주받은 민족인가 싶고 조상들이 원망되고 서글퍼진다.

이남, 이북 출신 포로들의 살벌한 갈등 속에 며칠 지나며 안정되는 듯 고요하다. 이북 출신 포로들이 무엇인가를

225

또 시작하는 것 같다는 정보를 태보가 전해 왔다. 며칠 전 연설하던 때처럼 미군을 향해 데모라도 하려는 것 같다고 했다. 전체 수용소의 중앙쯤 비교적 넓은 곳에 이북 출신 포로들이 모여 비장한 노래를 부르고 있다.

> "민중은 나의 조국 내 땅의 백성
> 원수들의 잔악한 총칼 아래
> 목숨 빼앗기고 서린 원한이
> 우리의 가슴을 우비어 파누나.
>
> 원수들을 때려잡고 구해 내리라
> 이 목숨 다 바쳐 갚아 주리라
> 원수들의 그림자도 척살하리라!
> 민중 해방을 이룰 그날까지
>
> 총칼 들고 용감히 나가리라
> 원수를 완전히 물리칠 그날까지
> 이 목숨을 다 바쳐 싸우리라
> 민중 해방을 이룰 그날까지"

노래가 매우 사납다는 생각만 들었다. 도윤이 아는 노래라면 농부가나 군밤 타령 같은 가끔 명절 같은 날 풍각쟁이들이 즐기는 곡들이다. 아니면 어쩌다 라디오 방송으로 듣던 '황성옛터'나 '애수의 소야곡' 정도다.

"쟤들 부르는 노래가 무슨 노래랴?"

"몰라 나도."

태보가 물었지만 모르는 것은 도윤도 마찬가지다.

"출정가라꼬 독립군 노래라카이."

김도상의 말이 그럴 듯 믿을 만하다. 노래가 독립군이 불렀을 법하게 비장하기 때문이다. 도윤은 그 출정가라는 노래 제목을 마음속으로 되뇌었다. 일제 강점기 시절에 불렀을 독립 투사들의 심정이 느껴지는 듯하다. 이남 출신들 중엔 출정가를 아는 사람이 거의 없는 것 같다. 이북 출신들도 출정가를 제대로 아는 포로는 그리 많지 않은 것 같다. 대부분 그냥 입을 벙긋벙긋 하며 부르는 척 따라하는 모습들이다.

이북 출신들의 선동적인 집회는, 노래와 더불어 구호를 외치며 미군 측에 의사 전달이 충분할 만큼 하고 끝냈다. 문제는 모두가 잡혀 온 포로로서, 한 체제의 군대라는 매개체만으론 병사들 전체가 하나로 묶여지지는 않았다는 것이다. 수만 명이나 되는 인원 속엔, 이와 같은 집회를 싫어하거나, 집회에 참석해도 앞장서서 나서는 것을 싫어하는 사람이 많다. 특히 이남 출신들은 상당수가 그 집회를 무시하고 참가하지 않았다. 그러한 현상을 개개인의 입장과 생리가 각각 다름을 인정하고 넘어가야 하는데, 이북 출신들을 이끄는 이학구는 그런 점을 용납하지 않는 강경한 자였다.

"저 남반부 간나들, 린민해방군을 배신한 비열한 반동분자들! 린민의 니름으로 심판 받아 마땅하지 린민재판을 받을 각오하라우!"

공개적으로 비난하자 이에 반사적인 반응이 즉각 나왔다. 그러잖아도 못마땅해서 한판 붙고 싶던 이남 출신들이 가만히 참을 리 없었다. 도윤의 막사 옆 막사에서 지내는 '마빡'이란 자가 참지 못하고 발끈하며 일갈해 댔다. 그는 성격이 매우 급하고 포악하다.

"뭐라? 야 이 빨갱이 새끼들아! 니들이 하는 인민 해방이란게 다 뭐냐? 해방이고 나방이고 인민이 뭐 어쨌다고 나 같은 사람을 억지로 끌어다 이 고생을 시키고 지랄이야? 이 빨갱이 새끼들아!"

인민 해방을 기치로 내세운 이북 군의 기치를 모든 이남 출신 포로들이 이해하기엔 무리라고 도윤은 생각했다. 그만큼 이남 출신 포로가 몸에 비해 머리와 가슴이 부족하다는 생각이다. 그 '마빡'이란 이남 출신 포로는 서북청년단 소속이고 서울 명동 거리에서 한 가닥 해 온 주먹 조직의 일원이었다고 무용담을 해 댔었다.

양편이 옥신각신 욕설이 오가고 약간의 몸싸움이 끝나자 소요는 그것으로 누그러졌다. 이북 출신들이 애써서 참는 것이 눈에 보였다. 그것이 뒤에 있을 피비린내를 풍길 전초인 것을 이남 출신들은 아무도 생각 못 했다. 모두들 그 정도로 끝나서 다행이라 말했다. 하지만 포로들은 완전히 친공과 반공으로 갈라져 영영 나뉘게 되었다.

어느덧 수용소는 네 번째 구역도 다 차고 다섯 번째 구역을 채우기 시작했다. 수용 인원은 16만 명이 넘었다고 한다. 수용소가 커지고 인원이 많아지니 처음 보는 얼굴도 많았다. 한 막사 안에서 함께 지내거나 막사나 동 대표로 일하는 포로가 아니면 누가 누군지 알기 어렵다. 이남 출신 포로들이 많이 가입된 반공 포로 진영도 조직 중인 '대한반공청년단'을 통해 나름대로 정보를 얻고 있지만 '해방동맹'에 비하면 많이 부족했다. 포로 열 명 중에 일곱이 해방동맹원이면 반공청년단은 두 명 정도였다. 그만큼 양측

이 충돌하면 피해가 많은 쪽은 대부분 반공청년단이다. 그렇게 대립의 날이 날로 날카로워지고 있었다.

대대적인 집회를 준비하는지 해방동맹 측에서 풍물까지 동원하고 노래를 불러 댔다. 집회를 하려고 일부러 저녁을 일찍 먹었는지 곧 어두워질 텐데 집회를 시작하고 있다. 무슨 바람인지 늘 부르던 출정가를 부르지 않고 흥겨운 민요들을 요란스럽게 부르고 있다. 어디서 어떻게 구해 왔는지 꽹과리가 앞장서고 북을 두드리며 뒤따르는데, 전통 농악 놀이라고는 할 수 없을 것 같다. 상쇠재비가 원을 크게 그리며 돌고 그 뒤를 북을 치며 따라가고 나머지는 큰 소리로 합창을 해 대며 따라 돌고 있다. 소리는 큰데 인원은 생각보다 많지 않았다. 해방동맹원도 다 참석한 것 같지 않았다. 그래도 모처럼 도윤도 좋아하는 풍물놀이니 지켜보고 싶었다. 군밤 타령을 신나게 부르더니 이번엔 신고산 타령이다.

캐꽹캐캥캥쾌캥 캥쾌캥쾌캥캐꽹 더덩덩더덩다퉁 둥다둥다덩타퉁

신고산이이~ 우루루우~ 화물차 떠나는 소리에~ 구고사안 큰 애기이~ 밤 봇짐만 싼다네에~ 어랑 어랑 어허야

에헤야 디어라 내 사아라앙아~

1절은 원곡대로 부르더니 2절부터 개사를 해 댄다.

　캐괭캥쾌캥쾌캥 괭쾌캥쾌캥쾌캥 더덩덩더덩타퉁 둥다
둥다덩타퉁

　서양서 온~ 딱따구리는~ 콧부리 사납게 쪼아 대도~
조국 잊은 이 박사는 멀뚱멀뚱 멍텅구리~ 어랑 어랑 어허
야 어벙벙 더벙벙 내 나아라아냐아~

　더덩덩더덩타퉁 둥다둥다덩타퉁 캐괭캥쾌캥쾌캥 캐괭
캥쾌캥쾌캥

　있는 땅~ 찾은 땅~ 송두리째 다 내 주고오~ 꼬부랑말
에 초코릿 껌~ 사탕발림에 넘어 갔나~ 어랑 어랑 어허야
지미럴 네기럴 내 나아라아냐아~

　더덩덩더덩타퉁 캐괭캥쾌캥쾌캥 둥다둥다덩타퉁 캐괭
캥쾌캥쾌캥

　너랑 나랑~ 얼크러져~ 볼기짝 만지며 놀아야지이~
서양놈이랑 웬말이냐~ 양코쟁이가 웬 말이냐~ 어랑 어
랑 어허야 얼크렁 설크렁 내 나아라아냐아~

　캐괭캥쾌캥쾌캥 둥다둥다덩타퉁 캐괭캥쾌캥쾌캥 더덩

덩더덩타퉁

　양코쟁이~ 모셔다가~ 칼자루 돈자루 다 바치고~ 내
백성 피를 뿌려~ 용상 하나 받았더냐~ 어랑 어랑 어허야
어럴럴 씨부렁 내 나아라아냐아~

　처음엔 많지 않은 관중이 노래를 따라 하더니, 어느새
빼곡하게 들어서서 농악대의 어깨춤까지 추며 신나게 논
다. 원을 돌던 무리는 구역에서 구역으로 옮기며 온 수용
소가 떠나가도록 논다. 어디서 어떻게 구했는지 태평소에
징까지 등장했다. 수천 명이 노래하며 요란스럽게 불고 두
드리니, 익숙하지 않은 미군은 시끄러워 정신이 사나울 법
하다. 설마 겨우 그 점을 노린 집회는 아닐 것인데, 이남
출신 포로들의 막사에 머무는 도윤은 미리 정보를 얻지 못
해서 그것이 무엇을 의미하는지 짐작도 할 수 없었다. 반
합까지 들고 나와 두드리는 포로도 있고, 나무토막을 양손
에 들고 캐스터네츠처럼 탁탁 쳐 대는 포로도 있다. 소리
가 커서 시끄럽게 하려는 의도인지 무엇이든 소리 나는 것
은 모두 사용하는 것 같다. 더 보고 있어 보았자 별 것 없
을 것 같아서 막사로 가려고 돌아섰을 때였다.
　누군가가 미군 망루 쪽으로 피투성이가 되어 달리고 있

다. 조명이 흐리지만 분명했다. 그 뒤를 몽둥이 들고 쫓아가는 자들이 보였다. 도윤은 자신도 모르게 얼른 집회하는 군중 속으로 몸을 도사렸다. 무슨 일인지 가슴이 두근거렸다. 옆 사람 아무나 잡아 흔들며 그곳을 가리켰다. 피투성이가 된 자는 미군이 경비를 서는 망루 쪽으로 달리며 소리를 치는 것 같았다. 집회 소리 때문에 그자의 소리를 전혀 들을 수 없었다. 어쩌면 망루에선 들릴 것 같았다. 그러나 망루에서는 아무 반응을 하지 않았다. 그자는 뒤쫓아간 자들의 몽둥이질에 이내 몸이 바람 빠진 튜브처럼 처졌다. 몽둥이질한 자들은 그자를 들고 산 쪽으로 달렸다. 집회는 밤 깊도록 계속되고 있었다.

도윤은 밤새도록 잠을 설쳤다. 자신이 그 일을 막지 못한 것이 마음에 걸렸기 때문이었다. 무슨 일인지 영문을 모르니 함부로 끼어들 수도 없었다지만, 그딴 이유는 자신의 구차한 변명일 뿐이란 생각이 머리를 떠나지 않았다. 사람이 죽는 일인데 나서서 막았어야 될 일이었다.

아침에 '대한반공청년단'에서 긴급 회의를 열고 '해방동맹'과 미군 경비대를 성토해 대는 것을 볼 수 있었다. 반공단의 말로는 '해방동맹'이 그동안 이른바 혁명적 과업을 방해하는 반동분자를 색출하여 처단하기로 모의하고,

그 모의를 엊저녁에 실행했다고 주장했다. 색출한 반공주의자들을 척살할 장소를 정해 놓고 철저히 준비한 다음, 순차적으로 유도해내 살해했다는 말이었다. 그 만행을 모르게 하느라고 시끌벅적하게 집회를 했다는 이야기였다. 그 말을 듣고 보니 '마빡'이란 자와 노골적으로 공산당을 반대하던 포로 한 명이 보이지 않았다. 그날 수십 명이 넘는 포로가 죽었다고 떠들썩했다. 도윤은 반공청년단 속에서 말 한 마디도 조심해야 할 처지에 놓였다. 그들 앞에 공산 포로 진영의 살인 행위를 같이 비판하고 나서야 했다. 아니, 도윤의 뜻도 생명을 해치는 행위는 절대 동의할 수 없었다. 오히려 통분하고 있었다. 살인마 집단과 영영 함께하지 않으리라 생각했을 정도로 화가 났다. 아무리 혁명이 중요하다지만 사람을 그리 함부로 해치면서까지 하는 것은 찬성할 수 없었다. 사람을 다치지 않으려고 노력하는 모습이 더 설득력 있는 혁명의 길이라고 생각했다. 적어도 이동학 선생께 배운 사회주의는 그랬다. 이런 폭력 살인 혁명주의는 사회주의를 잘못 공부했거나 자기 편의로 변형시킨 폭력주의일 뿐이다. 민주주의든 사회주의든 그 본뜻을 잘못 이해하거나 왜곡, 변형해서 이행하면 인류에게 해악을 끼치는 것밖에 없다.

도윤은 양측 포로들의 충돌에 대해 한 가지 의심스러운 것이 있었다. 수용소를 관리해야 할 미군이 모르쇠하는 점이 이상했다. 싸우고 반목하라고 일부러 조장하고 모른 척하고 있는 것만 같다.

이동학 선생의 말씀이 떠오른다.

"미군정은 한반도 이남에 미국이 원하는 자본 민주주의 정부를 안전하게 세우기 위해선, 친일파를 안고 정부를 수립한 이승만 정권의 오점을 벗기려고 어떤 짓이든 할 것이다. 소련 역시 사회주의를 기치로 공산국가를 굳건히 하려면 이북 안의 반대 세력을 약화시킬 필요가 있을 것이다. 그것이 소련과 미국의 공통된 과제고 두 국가는 고도의 공작을 감행했음을 짐작한다. 그러므로 북이든 남이든 신탁통치에 반대하는 민족주의가 가장 걸림돌이라 여길 것이다."

도윤은 이제야 이동학 선생의 예견에 동의할 수 있었다. 미국과 소련이 이 동족상잔이 일어나도록 고도의 방법으로 공작한 것이라 판단되었다.

이북과 이남이 서로 반목해야만 그 반목을 구실로 정권을 단단히 다질 수 있기 때문이다. 한반도를 나누어 신탁통치를 하는 자체부터가 그랬다. 두 강대국은 그것을 얼마나 치밀하게 계획하고 모의했는지는 짐작할 수도 없다. 미국의 방법 중 하나가 이남은 친일파를 수용함으로 민족주의나 사회주의를 내치는 것이었다. 좌익사범이라 해서 상당한 사람들을 처단하고 구사일생 월북하게 했다. 반대로 이북은 친일파와 사대부 양반과 고리대금업자와 지주를 내치게 했다. 상당한 이북 주민들을 숙청하고 월남하도록 했다. 마지막으로 그 두 강대국이 감행한 것은 동족상잔인 이번 전쟁을 일으키도록 했다는 것이다. 고도의 치밀한 계획의 밀약으로 이루어졌으니 공식적인 기록은커녕 상상마저도 할 수 없게 했다. 이번 전쟁으로 이남은 공산주의라면 이를 갈고, 이북은 남조선 하면 쳐부숴야 할 친일 매국노 원수의 정권으로 여기도록 해 놓은 것이다. 공산주의를 적대시하는 국민이 많아졌기 때문에 미군의 의도는 성공하고 있는 것이다.

이관순이란 자가 지휘하는 '반공 포로'들의 공산주의에 대한 도를 넘은 비협조 또한, 과도한 거부와 반감의 표출로서 처음부터 도윤의 의심을 사는 점이다.

미군에게 잘 보여서 자신만 인정받으려는 이기심도 절대로 통할 상황이 아니다. 같은 포로로 처우 개선을 위해 미군을 상대로 협력하자는 일은, 공산주의가 싫고 좋고를 따지거나 거부할 일이 아니었다. 공산주의에 대한 거부는 포로수용소에서 석방된 후에 해도 늦지 않을 것이다. 꼭 누가 시키기라도 한 듯이 공산 포로들의 신경을 자극하며 노골적으로 반공을 표현했다. 상대로선 충분히 도발로 느낄 수 있을 정도로 과했다. 만약 시켜서 그랬다면 누가 시켰을까?

또, 그 반면의 '해방동맹'의 과도한 선동과 상상을 초월하는 잔혹한 살인, 폭력 등이 도윤을 의심하지 않을 수 없게 했다. 비협조적이고 하는 일에 방해하는 것이야 밉지만, 이번처럼 계획된 폭력 살인은 어떤 구실로도 용납될 수 없고 변론의 여지도 없다. 공산주의를 세우는 것이 아니라 오히려 더 망쳐 놓는 것이었다. 그런 점이 도윤으로선 비밀 요원과 교활한 공작임에 대한 의심을 거둘 수 없다. 공산주의를 제대로 공부하고 이해했다면 이번 같은 살인 폭력은 저지르지 않았을 것이다. 그 결과가 바로 이승만과 미군정이 바라는 바이리라. 공산당을 알리고 세우려면 공산주의를 모르던 이들에게 모범을 보임으로써 공산주의의 좋은 이미지를 심을 수 있다 할 것이다. 정녕 이북 군대 수뇌부가 그 정도 양식도 갖추지 못했다면 실망이 아닌 절망일 것이다.

수용소 인원은 이제 마지막 구역까지 포로들로 가득 찼다. 총 17만 3천 명이라고 했다. 아는 얼굴은 없고 모두 처음 보는 얼굴이다. 누가 이북이고 이남인지 누가 친공이고 반공인지 대화를 해 보거나 따로 정보를 입수하기 전엔 구분하기도 어렵다. 그래도 늘 양측의 충돌이 심하다. 서로 반대 성향이라고 때려죽여서 암매장했다는 무시무시한 소문이 포로들 사이에 떠돈 것도 꽤 지난 일이다. 소문 끝에는 늘 공산당의 잔혹성과 도발성이 따라붙으며 갈수록 그 이미지가 악화되었다.

　포로들끼리의 충돌만이 아니었다. 거제도 원주민들의 원성도 매우 컸다. 배고픈 포로들이 섬 주민에게 도둑질과 약탈을 했다는 것이었다. 그러잖아도 포로수용소 건설로 인해 대대로 살아오던 터전을 빼앗기다시피 한 주민들이다.

　살벌한 분위기로 긴긴 겨울을 지내고 봄이 되어 다시 논밭일이 시작되었다. 이른 봄부터 모내기를 앞둘 때까지 크고 작은 살상 사건이 끊이지 않고 일어났다. 특히 포로들을 상대한 미군 병사들의 치사한 악행이 계속되어도 수용소에선 한 번도 해결해 주지 않고 있다.

　모임에서 들어 보니 미군 병사가 또 사건을 일으켰다.

그동안에도 포로들이 미군 병사에게 끌려가서 금품을 털리고 나오는 일이 많았다. 포로들이 아무리 항의해도 무시해 버리고, 수용소 내 큰 사건이 일어나도 몰라라 하니 더 이상 미군들의 횡포를 간과할 수 없었다.

황주태가 전한 말로는, 보리 수확을 도우러 가던 날이었다고 한다. 그중에 늘 약지에 황금으로 된 약혼반지를 끼고 사는 포로가 있었다. 공산 포로지만 비교적 프롤레타리아와는 거리가 멀어 보이는 귀동자 같은 인상이었다. 수용소에 들어온 지 일주일도 채 안 되는 신참 포로다 보니 수용소 정보에 어두웠던 것 같다. 미군은 그런 신참들을 용케도 알아보고 매번 수작을 건다.

전기밥통만 한 머리통에 큰 항아리 같은 엉덩이를 지닌 몸집이 빵빵하고 키가 큰 병사였다. 약간 검은 듯 흰 피부의 둥글고 우둥퉁한 볼 깊이 검고 큰 눈이 박혀 매우 서글서글해 보였다.

"hey!… you!…."

포로는 누구를 부르나 두리번거리며 미군 병사를 쳐다보았다.

"come here!"

싱글싱글 웃으며 손짓하는 미군 병사가 포로에겐 사람

좋고 친절미 넘치게 느껴졌다.

"마이?…. 와이?"

포로는 집게손가락으로 자기를 가리키며 다가가 왜 나를 부르냐고 물었다.

"Is that your ring?"

미군 병사는 천연스럽고도 친절하게 포로 손가락에 낀 약혼반지를 가리켰다.

"아, 반지! 헤헤 이츠 마이 잉게이쇼멭링! 약혼반지야."

"Oh, that's nice! … Can you lend me one?"

'오 멋있다! 내게 한번 빌려 줄래?'로 알아들은 포로는 이상했지만 설마 했다.

"왜 빌려 달라는 거야?"

포로는 순간, 수용소 경비병에게 잘 보여서 나쁠 것은 없겠다는 생각을 했다. 손가락에서 반지를 빼어 철조망 너머로 내 주었다.

"thank you!"

병사는 환히 웃으며 포로에게 고맙다는 말을 했다. 반지를 자기 넷째 손가락에 끼우려다가 안 들어가자 새끼손가락에 억지로 끼웠다. 포로가 기다리다가 돌려 달라고 손을 내밀었다. 병사는 무엇을 말 하냐는 듯이 두 팔을 벌리며 황당한 표정을 지었다.

"홧?… 오 마이 갓! 홧 두 유 민? 기브 미 백!"

포로가 놀라며 무슨 말이냐고 어서 돌려 달라고 소리쳤다. 그러나 미군 병사는 오히려 적반하장으로 포로에게 따지고 나무라는 투로 또박또박 천천히 말했다.

"You gave it to me."

자신에게 준 것이니 이젠 자신의 것이라는 뜻이었다.

"노! 이츠 마이 인게이쇼맬링! 내 약혼반지라고! 노! 아이 렌트 잇 토 유, 낱 유!"

포로는 준 것이 아니라 빌려 준 것이라고 소리쳤다. 병사는 싱글싱글 웃으며 포로에게 귓속말하듯이 속삭였다.

"우키지 마라 코맹아."

웃기지 마란지 우기지 마란지 발음과 어감이 어색하지만 분명히 한국말이었다. 병사는 엄청나게 덩치가 큰 자신에 비해 아주 많이 작은 포로를 꼬맹이라고 조롱하며 비웃는 거였다. 건들건들 흔들며 신들신들 웃는 우둥퉁한 볼때기가 매우 빤짝거렸다. 어이없어 멍하니 쳐다보며 서 있는 포로에게 물소처럼 큰 눈 한 쪽을 찡긋하고 감았다 뜨며 돌아섰다. 안 된다고 다시 소리치는 포로를 뒤에 두고, 항아리 같은 엉덩이와 밥통만한 머리를 흔들거리며 망대로 올라가 버렸다. 포로는 팔팔 뛰며 소리쳐 댔지만 그 뒤로 병사는 아무런 반응이 없었다.

그와 비슷한 일들이 한두 번이 아니었다며, 이참에 단단히 준비해서 미군에게 본때를 보이자는 중론이 지배적이었다. 모든 준비와 진행을 이북 출신들이 나서서 맡았다. 그들의 계획이 어마어마한 겁 없는 계획일 줄은 꿈에도 생각하지 못했다.

'해방동맹'이 주축이 된 포로들은 포로수용소 사령관인 미군 장교 도듯 준장에게 면담을 요청했다. 의제로는 포로 심의에 대한 거라 했다. 아울러 미군 병사의 금반지 강탈 사건에 대한 항의도 하겠다는 계획이었다.

이틀 뒤 수용소 사령관 도듯 준장이 나타났다. 포로들의 면담 요청에 응한 것이었다. 허리에 권총을 찬 화려한 제복 차림의 사령관을 달랑 병사 한 명이 수행하고 있었다. 병사는 군복 차림에 총을 메었으나 손에 서류로 보이는 가방을 들고 있었다. 면담 장소는 수용소 70구역 46동이었다. 면담 시작은 꽤 좋은 분위기였다.

포로들에게 면담의 결과란 목숨이 걸린 일이나 마찬가지였기에 각오가 대단했다. 포로들은 크게 네 가지 조항을 내고 사령관이 서명해 줄 것을 요구했다.

첫째, 포로 교환 시에 포로 전원 인민공화국으로 보낼 것. 포로 개개인의 자유 의사를 묻거나 심사를 하지 말 것.

둘째, 포로들 처우 개선해 줄 것.

1) 하루 세 끼 충분한 식량과 고기와 생선 등을 제공해 줄 것.

2) 화장실, 목욕실을 개선할 물자를 마련해 줄 것.

3) 막사 내부의 개선과 함께 침구를 포함 생활용품을 충분히 조달해 줄 것.

셋째, 미군 병사들의 포로에 대한 횡포를 막아 줄 것.

1) 금반지 등 갈취해 간 금품을 돌려 줄 것, 아울러 관련자를 처벌할 것.

2) 폭행과 폭언, 조롱 등 인종 차별을 금해 줄 것.

넷째, 공산 포로 대표단을 인정, 사령관 면접권을 줄 것.

문제는 첫 번째 조항이었다. 제네바 협정에 의하면 자유 의사를 물어 포로 개개인이 원하는 방향으로 해야 하는 것이 원칙이다. 이북의 수뇌부가 바라는 것이 무엇인지 모르나 국제적으로 인정받지 못하는 방법을 고집하는 것은, 그만한 불이익을 감수해야 되는데 무엇 때문에 그러는지 도윤은 판단이 서질 않았다.

영어를 할 줄 아는 이학구가 사령관을 어떻게 설득하느

냐에 달렸다. 설득하려고 세 시간이나 입씨름을 했다. 그러나 사령관을 끝내 설득하지 못했다. 역시 첫째 조항에서부터 걸렸다. 포로들 송환 문제는 유엔에서 할 일이니 자신이 관여할 일이 아니라 했고, 둘째는 예산을 세워야 집행할 수 있다고 당장은 어렵다는 대답이었고, 자기 부하들은 절대로 그런 자가 없다며 금반지 사건만도 자기 병사의 말을 더 믿는다고 했다. 다만 포로 전원 송환이 아니라 해도 개개인 심사는 고려해 보겠다는 답변이 고작이었다.

포로들은 그런 사령관을 그냥 보낼 수 없었다. 이학구는 포로들에게 사령관을 무장 해제와 함께 결박하도록 지시했다. 사령관을 수행한 병사가 소리치며 대항했지만 그도 이내 포로들에 의해 무장 해제 되고 꼼짝도 못 하는 신세가 되었다. 결국 그는 사령관을 빼앗기고 메고 있던 총까지 빼앗긴 채 수용소 밖으로 내쳐졌다. 뒤늦게 초소병이 알고 총을 쏘려했지만 사령관이 잡힌 것을 보자 겨누었던 총을 거두었다. 포로들은 미리 사령관 납치까지 사전에 계획해 두고 있었다. 도윤은 현장에 있진 않았지만 포로들의 과감한 행동을 듣고 등골에 식은땀이 났다. 만에 하나라도 미군이 감정적으로 나왔다면 많은 포로가 죽을 수도 있는 일이다. 애초에 목숨을 내놓은 포로들이니 목숨을 잃어도 당연하다는 뜻인지 의문이었다.

결박된 사령관은 재협상을 제안했지만 포로들은 그를 믿을 수 없었다. 위기만 모면하면 마음이 달라질 수 있기 때문이다. 포로들에게만은 그가 납치되는 순간부터 사령관의 권한을 잃은 것이었다.

포로들의 사령관 납치는 미군들에게 큰 사건이었다. 포로수용소는 물론 미군 수뇌부에서도 놀란 사건이었다. 미군은 즉각 콜슨 준장을 수용소 사령관으로 임명하고 도듯을 구출하려는 노력을 보였다. 콜슨 준장이 새로운 사령관으로 부임한 것은 납치 사흘째 되는 날이었다. 콜슨은 온 날부터 도듯을 구하려고 포로들과 협상에 나섰다. 콜슨 준장은 도듯 준장의 동기이자 친한 친구였기 때문에 도듯을 빨리 구하려고 서둘렀다. 우선 도듯의 안전을 확인해 달라고 포로들에게 요구했다. 포로들은 멀리서 도듯을 잠깐 내보이기만 했다. 그리고 콜슨에게 협상 조건으로 요구 목록을 제시했다. 도듯에게 요구했던 조항에 한 가지 큰 조항이 더해진 거였다.

다섯째, 사령관 납치에 관한, 이번 사태를 일으킨 포로 대표나 주동자 및 연루자들에게 절대로 책임을 묻지 말 것.

그 외에도 작은 몇 가지를 더 넣어 요구를 했다. 그러나 콜슨은 이 조건을 다 들어줄 수 없었다. 그 이유는 도듯이 포로들에게 거절한 답변과 일치했다. 다섯 번째 조건만은 들어주기로 했다. 포로들은 아무런 말 없이 돌아서서 막사로 향했다.

"Then you'll all die!"

콜슨은 돌아서는 포로들 뒤에 대고 '그러다 너희들 다 죽는다!'고 소리쳤다. 이학구가 고개를 돌려 냉랭하게 웃으며 답했다.

"듀 워터비어 주 원트! 웨어 프리제너 오브 라이프 에니 웨어! 마음대로 해라! 우린 어차피 목숨 내놓은 포로들이다."

일갈하고 도듯을 가둔 막사로 가 버렸다. 콜슨이 당황하는 빛이 역력했다. 그렇다고 자칫하면 도듯이 죽을 수도 있으니 함부로 구출 작전을 해 보기도 어려웠을 것이다. 협상을 다시 생각해 보는 것 말고 뾰족한 수단도 찾지 못했을 것이다.

서로 시간 끌기 하듯이 날을 보냈다. 하지만 콜슨은 고민했겠으나 포로들은 여유로웠다. 포로들은 도듯에게 포로가 먹는 주먹밥을 똑같이 먹었다. 화장실도 똑같이 감시하는 포로 앞에서 적나라하게 보도록 했다. 얼마나 배고픈 지 얼마나 더러운지 느껴 보고 콜슨이 부르면 그 앞에서 말하라고 요구했다. 그렇게 며칠을 보내도 콜슨으로선 좋은 방법이 떠오르지 않는 것 같았다. 열흘째 되는 날 콜슨이 도듯을 보여 주면 조건을 듣겠다고 했다. 포로들은 둘째와 셋째 조항을 우선 이행하면 보여 주겠다고 했다. 콜슨은 그 두 가지 조항 중 일부를 우선 들어주었다. 포로들 식량을 위해 군량미에서 빼 주고, 금품 빼앗아 간 것을 찾아 돌려주며 관련자들이 포로들에게 사과를 하도록 했다.

포로들은 그 정도로 인정하고 도듯을 콜슨에게 보여 주었다. 많이 초췌해진 도듯을 보자 콜슨이 괴로워하는 낯빛을 보였다.

"You're in trouble. I'll save you soon."

통역할 줄 아는 포로가 받아서 '너무 고생한다. 내가 곧 구해 주마'라고 말했다. 이학구는 다 알아듣지만 함께한 포로들을 위해 통역이 가능한 포로를 세운 거였다. 도듯이 콜슨에게 대답했다.

"don't overdo it."

즉각 통역이 따라 말했다. '너무 무리하진 마라.'

"어쭈? 제법 여유 부리네. 아직 배가 덜 고픈 모양이다.

좋아 어디 한번 해 보자고."

이학구가 도듯을 보며 냉랭한 소리로 말했다. 그리고 콜
슨에게 모든 조건에 서명 약속 안 하면 도듯은 끝까지 포
로들과 함께 갈 것이라고 했다. 콜슨이 숙고하던 끝에 세
번째와 네 번째 조항을 완벽하게 해 주겠다고 조건을 수정
해서 내놓았다. 그러나 포로들은 들은 척도 안 하고 도듯
을 데리고 돌아섰다. 콜슨도 무엇인가를 단단히 결심하는
얼굴빛이 되어 돌아섰다. 더 이상 포로들을 설득할 수도
없다고 판단한 듯이 보이는 콜슨의 모습이었다.

그 뒤로 날짜만 보내며 협상을 포기한 듯 나서지 않았
다. 속으로 포로들이 지치기만을 기다리고 있는 것 같았
다. 포로들은 도듯만 꼭 잡아 두고 있으면 아쉬울 게 없었
다. 콜슨과 포로들이 누가 먼저 협상하자고 나서나 대결하
듯 날짜만 보냈다. 열흘이 지나도록 콜슨 사령관은 포로들
과는 아무 것도 하지 않았다. 포로들도 조용히 끝까지 기
다렸다. 그렇게 날짜를 보내다 보니 어느덧 콜슨이 부임한
지 한 달 가까이 되는 날이었다. 콜슨이 포로 대표들을 불
러냈다.

"I'll listen to your suggestions. Get my friend out of
here."

"당신들의 제안을 다 들어주겠다. 내 친구를 어서 내보내라."

통역의 말이 떨어지기 전에 이학구는 벌떡 일어서며 두 팔을 높이 들었다. 포로들이 환호성을 지르며 승리를 만끽했다. 이학구는 콜슨에게 서류를 꼼꼼하게 작성 서명 날인을 받아 내고 도듯을 내보냈다. 그러나 도윤은 왠지 불안했다. 마치 터질 시간이 다가오는 시한폭탄을 곁에 둔 것 같은 불안이 일었다. 미군이 그냥 참을 것 같지 않았기 때문이다. 오히려 이번 일로 포로들 사이엔, 미군이 나쁘다는 것보다 공산 포로들의 집요함에 질렸을 것이란 생각이 들었다. 공산 포로들의 과격한 작전이 자신들에겐 성공인지 모르나, 전체적으로 한반도의 앞날에 대한 남쪽의 인식은 공산당에게 절대 불리하게 작용할 것이다.

도듯을 구해 간 뒤, 미군은 그날로 도듯과 콜슨 사령관을 직위 해제, 한 계급 강등하고 본국으로 송환했다. 새로 국제연합군 사령관으로 임명된 대장 M.W.클라크는 이와 같은 사건을 막기 위하여 포로의 분산 수용을 결정하고 준장 H.L.보트너를 포로수용소장으로 임명하였다.

도윤의 걱정이 얼마 후 일어났다. 기고만장한 이학구가 공산 포로들을 선동하여 대한반공청년단을 자극하고 충돌하는 일이 벌어졌다. 숫자로 열세인 반공청년단은 미군에게 도움을 청했다. 보트너 사령관은 그날로 탱크와 군대를 동원해 기고만장한 포로들을 규합하려고 나섰다. 그동안 아무 편도 들지 않던 미군이 처음으로 반공 포로들 편을 든 것이다.

"Stop! Stop or I'll shoot!"

"멈추라는데요, 멈추지 않으면 쏘겠다네요!"

누군가가 다급하게 통역을 했다. 공산 포로들은 멈추지 않았다.

"우리 문제야! 끼어들지 마라!"

"이츠 아우어 프로브럼! 돈트 인터피어!

이학구가 소리치자 통역이 영어로 받아 소리쳤다.

"Stop or I'll shoot you!"

멈추지 않으면 정말 쏘겠답니다!

미군의 경고는 계속되었지만 공산 포로들은 멈출 생각이 없었다.

"Last warning! Stop or I'll shoot you!"

마지막 경고랍니다! 멈추지 않으면 쏘겠답니다!

"탕! 탕! 타탕!"

미군은 공산 포로들이 멈출 생각을 안 하자. 경고 사격을 했다. 잠깐 주춤했던 공산 포로들은 다시 시작했다.

"타타탕! 타타타탕!"

"앗! 맞았다."

포로 두 명이 픽! 픽 쓰러졌다. 다리와 어깨에 총상을 입은 포로들은 이내 붉은 피를 흘렸다. 멈출 줄 알았던 포로들은 피를 보자 흥분해서 더 미군에게 아우성치며 돌을 던졌다.

미군은 공산 포로 시위대를 향해 총을 난사했다. 순식간에 200여 명이 넘게 총상을 입었다. 그 총상에 70여 명이 죽고 140여 명이 부상당했다. 미군의 총기 난사 말고도 그날 공산 포로와 반공 포로의 충돌로 50여 명이 사망했다. 무력으로 소요를 잠재운 미군은, 그동안 105명의 반공 포로들이 공산 포로들에 의하여 살해된 사실도 밝혀냈다. 미군은 공산 포로 대표 이학구를 잡아 따로 가두었다. 반공 포로와 공산 포로를 정확히 구분, 나누기 위해 포로들을 하나씩 개인 면담 심사를 했다. 반공 포로들을 다른 수용소로 보낼 예정이라 했다.

며칠 되지 않아 이학구가 탈출했다는 이야기가 수용소 내에 퍼졌다. 사방이 바다인 거제도 섬에서 탈출이 가능한가? 도윤은 미군이 그를 빼돌린 것으로 보았다.

또다시 일어선 천인겸

자만심은 파멸이라고 생각한다. 잠시도 딴 일 하지 말고 몸 만들기 개인 훈련을 시작했다. 이젠 발목이 다 나은 듯 시큰거리는 증상이 전혀 없다. 이어서 인터벌 러닝으로 운동장 돌기를 하는데 몸도 한결 가볍다. 운동장의 곡선 부분은 천천히 달리고 직선 부분은 전력 질주로 운동장을 돌고 돌았다.

"야! 천인겸! 너 사진 찾아봤어?"

장욱이 나타나서 같이 돌며 물었다. 인겸이는 달리면서 이야기하기엔 가쁜 숨 때문에 전달이 잘 안 될 것 같아 잠시 멈추었다. 운동장 가에 조성된 작은 정원의 콘크리트 벤치에 앉으며 설명했다.

"사진이 있긴 있는데 달라. 나도 내가 가진 사진으로 착각할 만큼 아기가 비슷하고 사진 배경도 같은데 결정적으로 옷 무늬가 다르더라니까. 그리고 내가 가진 사진은 뒤에 연필 글씨로 아버지 이름이 적혀 있거든. 그런데 어제 그 사진은 없더라고. 그래서 다시 아기 얼굴을 자세히 들여다보았더니 확실히 다른 아기더라고, 박문수의 아버지 사진이 틀림없어. 기만이 형제가 착각한 것이지. 그래서 오늘 회장을 만나서 사진을 돌려주고 왔지.”

“만났다구? 취직 얘긴 해 봤남?”

장욱이 반색하며 연속 질문을 해 댄다. 인겸이는 이럴 때 장욱에게 따듯함을 느낀다.

“그 이야기 땜에 돼지 형제에게 사진 돌려주지 않았지. 기다리래. 자리 마련되면 부르겠대.”

“야 잘됐구나. 그 회장님 고맙다야.”

장욱이 더 기뻐서 난리다. 인겸이는 다시 운동장을 달리며 혼잣말처럼 중얼거렸다.

“진짜 해 줄지 두고 봐야지.”

뭐든 하겠다고 약속한 것 때문에 감당하기 힘든 일자리면 어쩌나 싶다. 달리는 속도가 점점 빨라지다가 몸부림칠 만큼 지쳤을 때 멈추고 잠시 호흡을 고른 다음 점프를 해 보았다. 몸을 완벽하게 만들려면 스피드와 지구력뿐만 아니라 몸의 탄력과 유연성을 되찾아야 한다. 골대 크로스 바 높이를 목표로 제자리 뛰기를 해 보았다. 골대 높이 2m 44cm, 인겸이의 키가 171cm다. 아직 더 자랄 나이지만 또래의 다른 선수들에 비해 왜소하다. 골 크로스 바와 73cm 차이가 난다. 골대 앞에 서서 힘껏 제자리 높이 뛰기를 해 보았다. 크로스 바가 자신의 이마에 닿을 것 같다. 러닝running점프를 해도 100cm 정도밖에 안 되겠다. 농구 선수였던 마이클 조던은 제자리Sargent 뛰기 기록만도 120cm를 넘었다 하니 그만큼 높이 뛰려면 멀었다. 키가 작으면 점프력이라도 좋아야 공중 볼 다툼에서 밀리지 않는다. 뒤로 텀블링도 해 보았다. 최고의 실력이 나오진 않았지만 생각보다 잘되는 편이다. 앞쪽으로 공중회전도 해 보니 된다. 조금씩 몸이 살아난다. 이제부터는 팀 훈련에 적극 참여해도 될 것 같다.

철봉에서 근력 운동을 한 다음 킥 연습에 들어갔다. 왼발, 오른발 프리킥의 목표는 양쪽 골포스트와 크로스 바가 이룬 모서리다. 몸의 균형이 잘 잡혀야 킥도 정확하다. 킥 연습은 준비된 공이 많거나 찬 공을 찰 곳으로 모아 주는 사람들이 있어야 연습하기 좋다. 그러나 지금은 그런 조건이 되지 않는다. 그냥 자신의 공 하나로 차고 주워 오고 해

볼 뿐이다.

"어이! 천인겸!"

운동장을 가로질러 뛰어오는 건 오기만, 기찬 형제였다.

"너 인마!! 어떻게 우리에게 그럴 수 있어? 엉?"

"내가 뭘?"

"임마! 니 사진이 아니면 도로 주면 되지 왜 네가 직접 당할방에게 갖다 주냐고? 우리 입장이 뭐가 돼? 엉?"

기찬이가 입에 게거품이 생기도록 큰 소리로 다그쳤다.

"아, 미안하다. 내가 다치는 바람에 생업인 일자리를 잃은 거 너희들도 알지? 그래서 회장님께 한 번 더 부탁드리고 싶은데 회장님 같은 분을 뵙기가 얼마나 어렵든지, 만나 뵐 수가 있어야지. 그래서 그 사진 갖다드리는 핑계로 뵈려고 그랬어. 니들에겐 정말 미안하다."

인겸인 진심으로 미안했다. 사진이 두 장인 것을 알게 해 주었고, 이주동 회장이 자신의 친할아버지일 수도 있다는 것을 알게 해 주었지만, 말 못 하는 점까지 무조건 다 미안했다.

"아이 씨, 그러더라도 우리에게 먼저 말했어야지! 네가 그런 바람에 우린 당할에게 완존히 찍혔어 임마! 어쩔 거야! 엉? 책임져 짜식아!"

기만이는 많이 불쾌한 심정을 거친 말씨로 드러냈다. 인겸인 쌍둥이 형제에게 미안해서 솔직히 말하는 것 말고는 할 말이 너무 없었다.

"그래도 회장님께 내가 너희 형제에게 나무라지 말라고 했다. 문수 아니, 민철이만 애지중지하시지 말라고, 너희들이 많이 섭섭할 거라고 말이다."

"아이 씨! 쪽팔리게 그런 말은 또 왜 해?"

기찬이가 버럭 소리를 지르며 얼굴이 붉어졌다.

"아무튼 니들이 내게 관심 갖고 사진 갖다 주어 고맙다. 내 사진을 가져간 것인 줄 알고 화낸 일은 내가 정말 경솔했어. 그 점도 사과할게 미안하게 생각한다. 상의 없이 회장께 사진 돌려드린 것도 거듭 미안하다."

"짜식 갑자기 순한 척은?"

기만이가 눈을 흘기며 비아냥댔다.

"인마! 너 그따위로 늙꼰 흉내 내지 마! 재수 더럽게 없으니까! 기만아, 가자."

늙은 꼰대 흉내 내지 마란 말은 진짜 화났다는 기찬이의 일갈이었다. 두 형제는 투덜대며 돌아섰다. 가다가 둘 중 누군지 버려진 캔을 교정 밖으로 냅다 차 내서 요란하게 깡통 구르는 소리를 냈다. 쌍둥이 형제와 친해질 기회였는데 도로 벽을 쌓게 된 것 같아 찜찜했다. 쌍둥이가 생각보다 나쁜 형제는 아닌 것을 알게 되어 좋다. 시기심과 질투심이 다소 강하고 거만한 점이 있지만, 남을 속이거나 해코지할 형제는 아닌 것을 확신한다.

확실하지도 않은 일에 큰 관심을 두는 자신의 모습이, 속물 이상도 이하도 아닐 것이기에 만약이란 상상도 하기 싫지만, 만약 이 회장과 자신이 진짜 조손간이라 해도, 할아버지 천도윤과 자신 사이에 이 회장을 끼울 수 없음을 확신할 수 있다.

아침과 저녁엔 기온이 많이 차가운 가을이다. 언덕의 억새풀들이 하얀 솜꽃으로 광택을 내 준 듯이 하늘이 깊은 속까지 푸르고 맑다. 곧 열리는 전국체전에 맞춤 날씨다. 전국체전 고교 축구 대표 팀으로 사래고교가 나간다. 경기 감각만 찾으면 인겸이도 체전에 출전할 수 있을 것이다. 부상에서 완전 회복한 인겸이는 경기 감각을 찾기 위해 연습게임에 끼워 주길 감독에게 요청했다. 연습 경기를 해 보니 놓고 차는 정확도는 부상당하기 전의 감각을 찾았는데, 움직이며 차는 정확도가 조금 흔들린다. 감각을 완전히 찾지는 못한 것 같다. 숨이 턱까지 차오르고 땀으로 옷이 흠뻑 젖을 때쯤에야 연습을 끝냈다.

"둔발이 너에게 편지 왔다."

코치가 건네는 편지는 봉투 가장자리에 붉고 검은 테두리가 있는 국제 우편 봉투로 보였다. '인터넷으로 주고받는 시대에 무슨 편지인가?' 하며 보니 박문수가 보낸 것이었다. 그 이름을 본 순간 잠시 망설여졌다. 그렇게 믿었던 그가 자신을 배신한 것인가? 이주동 회장이 할아버지든 아니든 그것은 중요하지 않다. 만약 박문수가 알고도 인겸이를 속인 것이면 그냥 넘어갈 수 없었다. 인겸이는 숙소에서 편지를 읽어 보기로 했다.

절단식 칼끝을 편지 봉투의 봉인 모서리 구멍에 꽂아 칼자리를 낸 다음 밀었다. 칼자국대로 봉투가 열렸다. 연녹색 바탕의 고급스러운 편지지에 줄과 칸을 무시한 굵직하고 검은 글씨가 깔끔하게 적혀 있다.

"천인겸, 다리 부상은 다 나았니? 수린이가 네가 다쳤다는 소식 보냈더구나. 괜찮으면 동계 훈련 있기 전에 여기 한번 와 봤으면 좋겠다. 돈 걱정은 하지 마. 내가 왕복 항공권하고 머무는 비용에 용돈까지 다 마련해 놨으니까. 네가 여권만 마련하면 모든 비용을 보내 줄게. 와서 유소년 입단 테스트 한번 받아 봐. 너 정도 실력이면 충분히 입단할 수 있어. 입단한 뒤에도 네가 프로 계약할 때까지 내가 계속 도울게….”

편지를 끝까지 읽은 인겸이는 불안했던 마음이 가라앉았다. 박문수는 자신이 이주동 회장의 손자라는 것을 철석 같이 믿고 있다고 판단되었다. 일자리까지 마련해 주려던 박문수의 태도를 생각해 볼 때 인겸이가 의심할 단서를 찾지 못했다. 박문수의 진심이 그렇다 해도 그에게 가지도 말고 도움도 받지 말자는 인겸의 결심은 변함이 없다.

박문수는 인겸이가 휴대폰이 없다고 생각하고 편지를 보낸 것이었다. 천사모 방문 때 알았던 수린이 전화번호로 박문수 전화번호를 묻는 문자를 보냈다. 즉각 답장이 왔다. 인겸이는 수린이에게 고맙다 답문을 보내고 이내 박문수에게 문자를 찍었다.

“어사또 형. 내 걱정 말고 형이나 열심히 해. 나는 부상에서 완전 회복하고 요즘 경기 감각을 찾는 중이야. 내 이번 전국체전에서 좋은 성적을 내면 19세 대표 팀에 들게될 거야. 그렇게 남의 도움 없이 내 스스로 성공하고 싶어. 그러니 높으신 이 회장님 손자 박문수, 아니 이민철 나리께서나 귀한 몸이시니 다치지 마시고 잘하시길….”

국제로 문자가 가는지 못 가는지는 잘 모른다. 그냥 보내고 보자는 생각이다. 사실 고아나 다름없는 인겸이에겐 믿고 의지할 만한 사람이 가장 필요했었다. 그런 인겸이의 비어 있는 가슴을 잠시나마 채워 준 사람이 바로 박문수였다는 것을 부인할 수 없다. 사촌인 성겸이보다 피도 눈물도 관계없는 박문수가 더 의지되었던 까닭은 무엇인가? 그것은 친구로서의 우정도 아니고 요즘 흔히 말하는 동성애도 아니다. 그냥 친형제 같은 느낌이면서도 한 매개체의 소속감 같은 느낌이었다. 그 느낌 속엔 그가 하는 일에 목숨이 걸렸더라도 함께할 수 있는 의리를 담고 있었다.

깊이 잠든 한밤중에 박문수의 답문이 와서 아침에서야 확인했다.

"휴대폰 산 것 축하한다. 짜식 형이 보고 싶어서 오라하면 올 것이지 웬 말이 그렇게 많아? 당장 여권 내 갖고 오라니까. 큰물에서 놀아야 큰 물고기가 된다. 여기 프리메라리가가 얼마나 큰지 K리그는 비교가 안 된다. 너 메시나 호날두가 경기하는 모습을 직접 보고 싶지 않니? 무조건 와라. 알았지?"

긍정도 부정도 없이 그냥 웃는 모습의 이모티콘만 보냈다.

아침을 먹고 나자 이주동 회장 쪽에서 연락이 왔다. 단숨에 달려가 보았다. 지난번 일했던 물류 창고와 비슷한

B.YOUNG사 제품 보관 창고였다. 지난번 창고에선 비교적 가격이 싼 제품을 포장하고 쌓고 나르는 일을 했지만, 이 창고엔 수백만 원 이상의 고가 제품들을 포장까지 마무리하여 쌓아 두고 있었다. 크기로 보아 고급 TV나 노트북 같은 컴퓨터 종류일 것 같았다. 들여올 때도 내보낼 때도 크게 힘들지 않는 일이었다. 제품 번호를 확인한 후 기록부터 하고, 몇 개 들어오고 나가는지만 확인하여 사인하고, 야간에 창고 경비를 맡는 일이었다. 지난 물류 창고보다 근무 시간도 부담이 덜 되는 일자리라서 좋았다. 처음으로 마음에 드는 일자리를 마련해 준 이주동 회장이 고마웠다.

좋은 일자리를 마련하니 마음이 안정되고 공부도 축구도 잘되었다. 스마트폰으로 영어 공부를 하는 것도 꽤 진전이 되고 있다. 아직은 누구와 회화를 할 정도는 아니지만, 외운 단어만 해도 처음 시작할 때에 비하면 크게 늘어났다. 꾸준히 하다 보면 실력이 눈처럼 쌓이고, 쌓이다 보면 잘할 수 있다는 자신감이 생긴다.

일요일 아침부터 수린이가 또 찾아왔다. 요즘 자주 찾아와서 감독에게 사귀는 사이로 보일까 봐 은근히 걱정이다. 며칠 전엔 사청 아저씨의 딸 마주선까지 찾아왔다. 미국에 유학 갔다가 방학 때라서 왔다고 인겸이를 보러 온 거였다. 축구 대회 중이어서 만나지는 못했다. 천사모를 통해선 거액을 후원한 여인도 있다. 코칭 스텝에 바람둥이로 보일까 걱정이다.

"천인겸! 민철 오빠가 엊저녁에 너 문자 씹는다고 난리더라! 왜 그래?"

"내가 왜 씹어? 난 분명히 어사 형이나 잘 있으면 된다고 답했거든."

"아이, 오빤 나도 바빠 죽겠는데 너에게 가 보라고 생난리야. 이리 와! 너랑 인증 숏 찍어서 오빠에게 보내게. 그래야 내가 너에게 전한 것 오빠가 믿지."

인겸이는 속으로 짜증이 났지만 그렇다고 수린이에게 내색할 수는 없었다. 나란히 서서 사진을 찍고 물러섰다. 그 장면을 멀찍이서 또 누가 사진을 찍어 대는데 둘은 모르고 있었다.

"뭘 그렇게 생각해?"

말 없는 인겸이가 뻘쭘하게 보이는지 수린이가 톡 쏘듯이 물었다.

"응?! 아니, 박수린이의 아름다움에 잠시 빠졌었나 봐."

"뭐? 호호호. 아부도 오버하면 매를 얻어."

"그럼 얼른 한 대 때려."

"한 대가 아니고 한 대 더."

뽀얗고 작은 주먹으로 어깨를 톡톡 치고 돌아서서 달렸다. 가다 말고 돌아보며 손을 흔들어 주고 달렸다. 안 보일 때까지 인겸이의 얼굴에 웃음이 가시지 않았다.

"그림이 아주 조오타아!"

언제부터 보고 있었는지 이영찬이 웃으며 다가왔다.

"쟤 박문수 사촌 동생인데 참 예쁘죠?"

주변에서 모른 척 해 주면 수린이 정체를 드러내 놓고 자연스럽게 만나고 싶다. 주변을 의식하지 않고 만날 수 있어야 수린이도 편할 것 같기 때문이다.

운동장에 축구부원들이 거의 다 나와 있다. 모두 개개인이 인터벌 러닝 같은 개인 훈련 중이었다. 이영찬과 한 조를 이룬 듯이 운동을 시작했다.

- 3권에서 이어집니다.